SHANGHAI LITERATURE & ART PUBLISHING GROUP

故事会
精品系列

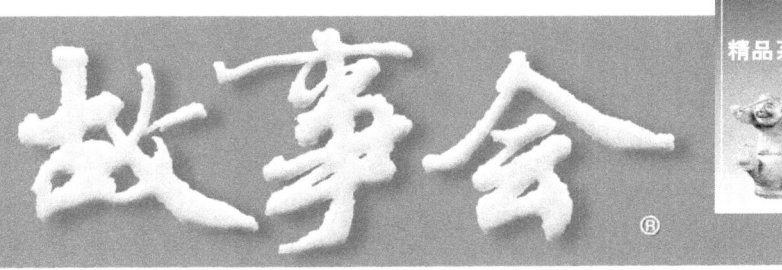

成长故事

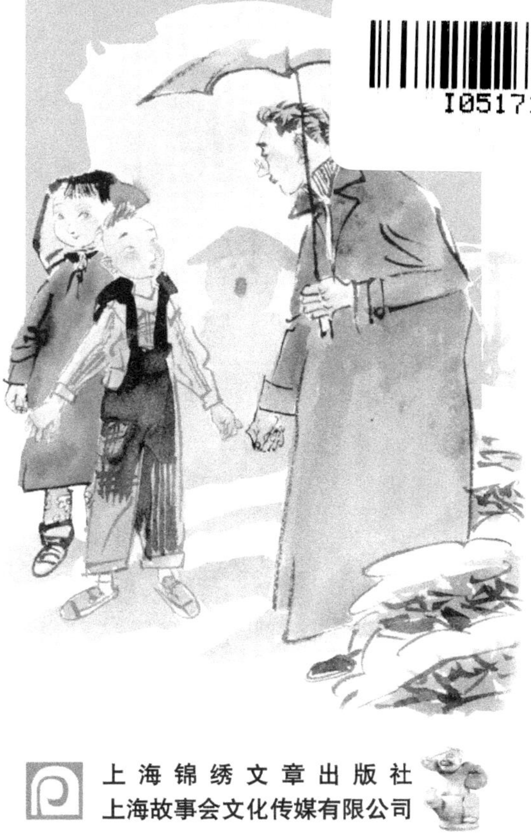

上海锦绣文章出版社
上海故事会文化传媒有限公司

上海文艺出版（集团）有限公司

图书在版编目（CIP）数据

成长故事 《故事会》编辑部编 – 上海：上海锦绣文章出版社
（故事会精品系列） ISBN 978-7-5452-0272-4
Ⅰ．①成…Ⅱ．①故…Ⅲ．①故事 作品集 中国 当代 Ⅳ．I247.8
中国版本图书馆 CIP 数据核字 (2009) 第 028892 号

丛 书 名：故事会精品系列

书 名：成长故事

主 编：何承伟

编 委：何承伟 吴 伦 姚自豪 夏一鸣

责任编辑：刘迎曦 鲍 放

装帧设计：王 伟

责任督印：张 凯

出 版： 上海锦绣文章出版社

上海故事会文化传媒有限公司

POD 海外发行： 中国图书进出口上海公司

电话：021–36357888

传真：021–36357896

地址：上海市虹口区广中路 88 号

邮编：200083

目　　录

少年记忆

千层糕的诱惑 ·············· 2

儿子,你错了 ·············· 6

神奇药物 ·············· 9

有一种怪物叫"怕怕" ·············· 13

苹果树上掉下梨 ·············· 16

冬冬和小胖 ·············· 19

偷来的东西不好吃 ·············· 24

衣柜后面的秘密 ·············· 28

有裂纹的镜子 ·············· 31

校园星光

妈妈睡觉了 ·············· 36

给老师上课的学生 ·············· 39

美丽的错误 ·············· 42

45 只信封 ·············· 47

谁弄丢了我的考卷 ·············· 50

子报父仇 ·············· 54

一封家信 ·············· 58

青春足迹

大腿上的伤痕 ·············· 61

小新闯世界 ·············· 65

沙漠里走来的骆驼 ·············· 70

上孤山 ·············· 75

逃学的下午 ·············· 79

有话早早说 ·············· 81

敲诈"老巫婆" ………………………… 83

半份菜的午餐 ………………………… 87

第一次做生意 ………………………… 91

第一瓶香槟酒 ………………………… 95

心灵交响

布袋熊妈妈 …………………………… 99

若干年有多久 ………………………… 103

泪光里的合影 ………………………… 108

给老师送礼 …………………………… 112

摔碎的心 ……………………………… 117

一双美丽的大眼睛 …………………… 121

心中有个梦 …………………………… 126

永远的成长

一个半朋友 …………………………… 133

弯弯的月亮 …………………………… 136

珍贵的破碗 …………………………… 139

借钱 …………………………………… 145

三盘录像带 …………………………… 148

幸福的第六根手指 …………………… 151

少 年 记 忆

儿时的小插曲,往往映照着我们日后对待人生的态度。所以,要做真正的人,必须从小学起。

千层糕的诱惑

有个叫苏鸿志的穷孩子,早年丧母,与父亲相依为命。苏鸿志从小聪明懂事,父亲深感欣慰,很早便开始教他识字读书。

父亲对鸿志期望很高,省下一切开支供他读书,为他买笔墨纸砚,立志要把他培养成读书人,将来考功名,光宗耀祖。

一年冬天,这天天上下着鹅毛大雪,父亲还是照例起了个大早,上山砍柴,让鸿志一个人在家习字。回来时,父亲见鸿志站在窗口,歪着脑袋,聚精会神地望着窗外,毛笔就搁在桌子上。

父亲这个气啊,沉下脸骂道:"小畜生,居然不用功读书。爹这样累死累活,为了什么知道吗? 咱家就指望你光宗耀祖了啊!"

鸿志怯怯地望着父亲,一声不吭。

"你刚才在干吗？问你呢，哑巴啦？"父亲更加生气，冲到窗前，向外瞅了一眼。

原来，隔壁做糕点生意的金财主家门前，正冒着香喷喷的热气，人家在做千层糕呢！这糕真香，不要说小孩子了，就连做父亲的看见了，也唾液欲滴啊。

父亲叹了口气，说："鸿志，老实跟爹说，是不是想吃千层糕呀？"

鸿志点点头，低声说："嗯，是的，我想吃……"

父亲瞪他一眼，喝道："咱家虽然穷，但是人穷得要有志气，知道吗？书中自有黄金屋，书读好了，以后出人头地了，想吃多少就吃多少。快去写字！"

鸿志似懂非懂地点点头。

父亲说完，转身出了家门。他犹豫了好大一会儿，才去了金财主家，支支吾吾地向金财主开口说："我儿子……想吃一点千层糕，你看能不能……"

可是他话还没说完，金财主就不屑地看了他一眼，不耐烦地说："这玩意儿也是你们吃的？你以为是窝窝头呀？咱这土地方哪有这么考究的做糕的原料，这青梅、蜜枣、葡萄干、瓜子仁、板油、绍兴酒、糖桂花汁、芝麻油……知道我做糕的这些原料是从哪儿弄来的吗？都是从几百里外的码头捎来的！哼，不是我小瞧你，咱家的狗吃得起，你都吃不起！"

说完，金财主随手拿起一块千层糕，当着鸿志父亲的面，丢到他自家狗的跟前。只见那狗摇晃着尾巴，叼着糕乐颠颠地跑开了。

鸿志父亲的脸涨得通红，什么也没说，默默地离开了。

回到家里，父亲看到鸿志正兴奋地等着他回来，读书完全心不在焉。父亲倚在门口想了想，猛然转身，一头冲进了茫茫的雪幕之中。

过了好一会儿，他带回一大碗热气腾腾的千层糕，把鸿志叫过来，说："吃吧。"说完，还特地在千层糕旁边给鸿志放了一碟碎糖。

鸿志高兴极了，说："爹，你也一起吃吧。"

父亲说："我已经吃过了，你慢慢蘸着糖吃吧。记住，再怎么困难，也要好好学习，否则你对不起死去的娘，也对不起爹。要知道，咱家的希望就在你身上啊！"

可鸿志却像什么也没有听见一样，目不转睛地盯着千层糕，一点也没有心思再读书的样子。看到父亲严厉的神情，他这才拿起毛笔，一边写字，一边吃糕。

父亲伤心极了。这点千层糕，来得是那么不容易，他下了多大的决心，才用妻子生前留下的唯一嫁妆去换了钱，到金财主那儿买回这点千层糕。可鸿志却只知道吃好东西，不肯发奋读书。想到自己的良苦用心将付之东流，父亲彻底失望了，他心说："鸿志啊，早知道你这么没出息，爹我还活到现在干什么呀？与其让人家看不起，咱爷俩还不如一起去了的好！"于是，他打算等鸿志吃完千层糕后，与儿子一起同归于尽。

父亲默默地去灶房拿了把菜刀，藏在身后，然后走回来，问鸿志："千层糕好吃吗？"

鸿志这时正在写毛笔字，没有注意到父亲在说什么，所以也没有吭声。

于是父亲又走近一些，伸头一看，发现碗里面剩下的千层糕已经不多了。

这时候，只听鸿志说了句："爹，千层糕很好吃，你也吃一些吧！"

儿子还是只知道吃千层糕！父亲绝望了，他狠下心来，决定不活了。

他咬咬牙，从背后拔出菜刀，正要朝鸿志头上砍去，突然发现鸿志脸上黑乎乎的。他觉得非常奇怪："鸿志,你怎么……抬起头来!"

鸿志把头抬了起来。天哪,这张脸完全变了样,脏兮兮的,嘴巴四周全是黑色的墨汁。

父亲再一看,才发现,放在千层糕旁边的一碟碎糖,鸿志居然没有动过,他刚才一直是蘸着墨汁而不是蘸着碎糖吃千层糕的,可他自己却一点也没有发觉。

父亲眼里顿时噙满了泪水,他颤声问道:"鸿志,你刚才要吃千层糕不是因为嘴馋?"

鸿志红着脸直摇头,说:"不是,当然不是。爹,你放心,我才不是那种好吃懒做的无用之辈呢!那天我到二狗子家去玩,他正在吃千层糕,便分给我一块,那东西不好吃,但很饱肚子。他说,那是他娘用糠给他做的,一层糠一层菜皮,一层糠一层菜皮,所以叫千层糕。今天我实在是太冷太饿了,写字的时候手发抖,看到外面有卖千层糕的,就想吃一点,垫垫肚子,好集中精力写字,少浪费一点纸墨,爹每天要砍多少柴才能换回这些纸墨呀!可是今天,爹,这千层糕怎么这么好吃啊?比二狗子家的好吃多了……"

鸿志话没说完,只听"哐当"一声,父亲手中的菜刀掉在了地上。原来鸿志根本不知道真正的千层糕这么金贵,他向父亲要的,竟然只是糠做的千层糕。

父亲一把将儿子搂在怀里,眼泪一滴一滴落在了他的头上……

(何振江)

(题图:黄全昌)

儿子，你错了

　　父亲下岗了，为了一家的生活，他不得不四处奔走，一心想找到个新的工作。他毕竟年轻，而且身强力壮。

　　一天上午，他在出门前又拿起那把只剩下半截的梳子，对着镜子梳理头发。就在这时，他三岁的儿子摇摇晃晃地跑过来，一只手抓住父亲的裤子，另一只手举起一个湿漉漉的东西："爸爸，梳子！"

　　父亲接过来细细一看，觉得自己家里从来没有这样的玩意儿，这可引起了他的警觉，于是脸色一沉，问道："哪儿来的？嗯？"

　　儿子懵了，弄不明白父亲为什么会不高兴？他不知该怎样回答父亲的责问，只是抬起两眼愣愣地看着父亲那张阴沉沉的脸,咽下口水垂下了双手。

父亲盯着儿子,一股怒气:"说!"

这一声近似怒吼的喊叫,吓得儿子逃到屋角边,面向墙壁蹲下,"哇"地一声哭了起来。

父亲走上前去说:"别哭,转过身来!"

儿子乖乖地转过身,一见父亲那模样,吓得把头往后一避,不想后脑勺"咚"一下撞在墙上,疼得直叫。

父亲不觉一惊,连忙伸出手想抚摸一下孩子的头,但又立刻缩了回来,举起那个儿子给他的玩意儿说:"我问你,这东西是哪儿来的?"

儿子耷拉着脑袋不说话。

父亲缓了缓声调,继续问:"是不是偷来的?"他把"偷"字说得特别低。

但儿子却猛地抬起了头,大声吐出两个字:"不是!"

"那是哪儿来的?"

"从曹阿婆家门口的破篓子里捡来的。"

"这不,你把人家的东西拿来了。"

"那个篓子放在那儿已经好长好长时间了,还有好多灰,里面都是曹阿婆不要了的东西。"

父亲又仔细看了看手中的玩意儿,这才发现它虽然洗过,但还留有许多尘土。于是心情平静了许多,便在儿子身边的凳子上坐下,抱他坐在自己的腿上,一边轻揉着孩子的后脑勺,一边说:"你把经过讲给我听听好吗?"

儿子似乎感觉到暴风雨已经过去,就吸了吸鼻子说:"刚才我和小鹏在曹阿婆家门口玩,翻破篓子时看见了这把梳子。我捡起一看,好好的,一点没坏,想到家里的梳子已经断了,我就把它洗干净,拿回来了。"

父亲又问:"那你告诉曹阿婆了吗?"

儿子摇摇头:"没,没有。"

父亲沉思片刻之后,温和地问道:"你没告诉人家,就把别人的东西拿来。这样对吗?"

儿子愣了一下,说出了两个字:"不对。"

"一个人要是常做不该做的事,人家就会骂你是坏孩子。坏孩子大家都讨厌,小朋友都不愿和坏孩子玩,你要做坏孩子吗?"

"不要,我不要做坏小孩……"说完,儿子哭了。

父亲一把将儿子搂进怀里:"好,我的儿子是个好孩子。好孩子做错了事就要改正,你愿意把这个东西还给曹阿婆,然后向她道歉吗?"

儿子点点头说:"愿意。"

父亲很高兴,替儿子擦干了眼泪,又拿起那个玩意儿,递给儿子说:"记住,这东西不是梳头的梳子,是用来刷鞋的,叫鞋刷。"

(作者:张芊芊;讲述者:吴文昶)

(题图:魏忠善)

神奇药物

　　田甜是个柔弱的小姑娘,胆子特别小,邻居家那些比她高大的男孩子总要欺负她,用毛毛虫之类的东西吓唬她,每次她都只会哭,一点办法都没有。

　　不过,田甜家隔壁实验楼里的王爷爷挺喜欢田甜,每次看到田甜,总夸她懂事儿,夸她有礼貌。

　　这个王爷爷可不是一般的老爷爷,人家都叫他"大脑袋",是搞科学试验的大教授呢!田甜最喜欢到王爷爷的实验楼去玩,这天她又去了,看到王爷爷正埋头在做实验,田甜知道这时候不能打搅王爷爷,就安安静静地坐一边看着。

　　不一会儿,就听到王爷爷自言自语道:"啊,做完了!马上试试效果如何。"说着,他一手抱起脚边的一只小猫,一手拿着试制出来的一瓶药水，往放在楼角的一只狗笼子走去。

田甜看到，那只狗笼子里关着一只强悍凶猛的狗，那狗一看到王爷爷手里抱着的小猫，就"汪汪汪"狂叫起来，小猫吓得在王爷爷手里直发抖。

田甜突然觉得，这只小猫有点像自己被人欺负时一样，很可怜，她不由跑上去，想从王爷爷手里把小猫抱过来。就在这时候，她见王爷爷突然把手里那瓶药水往小猫头上倒了一点，随后就把小猫塞进了狗笼子。

"王爷爷，不要……"田甜急得惊叫起来，可她话音未落，奇迹发生了！狗笼子里那条凶猛的狗不但没有扑上来撕咬小猫，反而目光柔柔地围着小猫转啊转，显出一副很温顺的样子，田甜惊呆了。

王爷爷立刻像孩子似的拍起手来，摇晃着他的大脑袋，开心得大叫起来："好哇！这药水效果出来啦！"

田甜羡慕地看着王爷爷手里的药水瓶，说："王爷爷，您真了不起！这药水的威力可真大！"

王爷爷得意地笑着，正要对田甜说什么，突然一阵急促的电话铃声响了起来，王爷爷接了电话后，对田甜说，他有事要走开一会儿。

王爷爷朝田甜眨眨眼睛，把手里的药水瓶朝桌子上一放，说："小姑娘，你等着，待会儿爷爷回来，还有更有趣的实验要做给你看呢！"

田甜听话地点点头。

可是王爷爷这一走，走了好长时间还没回来，田甜盯着王爷爷放在桌上那瓶神奇的药水，心想：我要不要也给自己头上抹一点呢？刚才小猫才抹了一点点，那么凶猛的狗就害怕了，如果我也抹一点，说不定街上那些人以后就再也不敢欺负我了。想到这里，她忍不住了，从桌上抓过药水瓶，打开瓶盖就往自己头上倒。

可不想这药水倒在头上，除了闻到一股清香的味儿，田甜什么感觉都没有。难道就是这股气味儿把对方吓住了？田甜很想立刻试试这药水的威力，于是就走出实验室，来到了街上。

或许是因为抹了神奇药水的关系，田甜的胆子大了许多，她悠闲地在街上走着，一眼看到平时老爱欺负她的小明正在路边一块空地上玩足球，她气昂昂地走上去，说："喂，以前你老爱欺负我，今天你还敢吗？"

小明抬头一看，是田甜，吃惊地看着她，突然颤抖着声音说："田甜，以前是我不好，我向你道歉，以后我再也不敢了。"

田甜没想到小明竟会这么老老实实就向她认错，王爷爷的药水真灵！有这么神奇的药水壮胆，田甜再不用害怕小明了，她张开嗓门问小明："我凭什么相信你？下次你如果再欺负我怎么办？"

"不会，肯定不会，以后我再也不会了。田甜，你就放过我吧！"小明说着，眼泪都要流下来了，看田甜没再说什么，他掉转头就飞快地逃走了。

田甜这下心里甭提有多快活了，她一边唱着歌一边走着，只要看到原来欺负过自己的那些大男孩，她就朝他们大声喊道："哼，你们平时不是一直喜欢欺负我的吗？怎么今天看到我都不响了？"

"我们……我们再也不敢了。田甜，你饶了我们吧！"

嘿，真是神了，那些平时一直在田甜面前称王称霸惯了的大男孩，今天见了田甜个个都争着认错，吓得掉头就跑，田甜心里痛快极了！

田甜在街上走啊走，一直走到天都快黑了，才高高兴兴地回家。

可谁知正当她踏进家门，回过身想关门的时候，她突然发现身后跟了一大群狗,一只跟着一只,像是排了队似的。她吓得尖叫起来。

王爷爷听到田甜的叫声,马上从隔壁实验楼里探出头来,一看这场景哈哈大笑起来:"小姑娘,一定是你用了我的新药水了吧?"说完,他立即下楼,来到田甜家。

田甜可不敢说假话,赶紧把她用药水抹了自己的头和一路上碰到的事儿,一五一十都说给王爷爷听。

王爷爷笑着给田甜解释说:"小姑娘,爷爷告诉你吧!简单地说,这药水是靠特殊气味使对方产生镇静作用的,尤其是狗,闻了之后会非常驯服地跟在你后面。所以现在你明白了吧,小明他们害怕的不是你,是你身后的这些狗啊!"

"原来是这样!"田甜这才恍然大悟。

不过,打那以后,也没有人敢再来欺负田甜了。

(刘　留)

(**题图**:安玉民)

有一种怪物叫"怕怕"

　　学校马上要放假了,妈妈告诉小婷婷说,假期里要带她到乡下姥姥家去。妈妈说,姥姥家在一个小山村里,非常好玩,可以到田间捉蝈蝈,可以到山上摘野花,还可以到清澈见底的山溪里摸鱼虾,舅舅还会给小婷婷掏鸟蛋。小婷婷听了可高兴了,她的心啊,立刻就飞到了那个迷人的地方。

　　临行前的晚上,小婷婷把要去姥姥家的事告诉隔壁的玲玲,谁知玲玲一听却脸色大变,说:"小婷婷,快别去,乡下有一种专门吸人血的怪物,很怕人的!"

　　"真的?"小婷婷紧张地问,"是什么怪物呀?"

　　玲玲说:"我们都叫它'怕怕'。我姥姥家也在乡下,我跟爸爸去的时候,我在被窝里还被怕怕咬过呢!"玲玲说着,把怕怕画在纸上给小婷婷看。

小婷婷一看,这个会吸血的怕怕竟有巴掌那么大,她吓坏了,越想越害怕。

回到家里,小婷婷对妈妈说:"妈妈,我不想去姥姥家了,那里有怕怕。"

妈妈还以为小婷婷是害怕山里的野兽,安慰她说:"那些怕怕们都在深山老林里,离姥姥家远着呢。那么好玩的地方,你不去可别后悔呵!"

小婷婷被妈妈说得心里又痒痒起来,于是赶紧摇摇头,又赶紧点点头。

第二天天还没亮,小婷婷就跟着妈妈出发了,她们坐了火车坐汽车,到姥姥家的时候,都快中午了。

小婷婷发现,姥姥家村里那些房子盖得比城里还漂亮,小婷婷家里有的电器,姥姥家全有。姥姥看到小婷婷来了,亲也亲不够,把她搂在怀里"小丫头、小丫头"地直叫。姥姥让舅舅、舅妈把家里好吃的全拿出来摆上桌,都是小婷婷从来没吃过的,味道可好啦!

吃罢饭,姥姥让隔壁小姐姐带小婷婷出去玩,山上摘野花,田间捉蝈蝈,小婷婷兴奋得涨红着脸满山疯玩,直到晚上要睡觉时,她才忽然想起玲玲说的那种怕怕的怪物来,于是顿时紧张起来,坐在沙发上发呆。

妈妈催小婷婷上炕睡觉,小婷婷一听上炕吓坏了:"我不上炕,我不上炕!"

姥姥疼爱地说:"我的小丫头呀,你不上炕睡,在哪儿睡?这里的炕就是你自己家里的床呀!瞧,姥姥知道小婷婷要来,还特地给你准备了新被褥呢!你来摸摸,多软和。"

小婷婷还是一个劲地嚷着:"姥姥,我在沙发上睡。我不要被褥,被褥里有怕怕。"

"怕怕?"姥姥挺奇怪,"什么怕怕?"

别说姥姥不明白,全家人都糊涂了:怕怕是什么?

"就是……就是那种要吸人血的,会……会……"小婷婷结结巴巴地又指手又画脚。

突然她像想起了什么,在口袋里掏啊掏啊,终于把昨晚玲玲给她画的那张画给掏了出来。

大家围过来一看,不由得哄堂大笑。

妈妈说:"这叫什么怕怕,这叫虱子。你说怕怕,我还以为你是说深山里的那些野兽呢!"

姥姥拿过画来一边看一边笑:"傻丫头,这虱子真要有这么大,不早就把我给吃了!"

舅舅一把把小婷婷抱上炕去,说:"你放心睡,舅舅不骗你。这东西呀,以前有过,可现在早没了。"

小婷婷歪着脑袋,挺认真地追问道:"舅舅,那为什么以前会有啊?"

舅舅告诉她说:"因为以前咱们这里穷啊!"

小婷婷还是不太明白:"舅舅,什么是穷啊?"

舅舅朝她眨眨眼睛,说:"记住! 穷,才是真正的怕怕。"

自然,小婷婷不可能在炕上遇上怕怕。这天晚上,她睡得很甜!

（鲁忻鸣）

（**题图**:李　加）

苹果树上掉下梨

　　浩海爷家种了两棵苹果树，每年等到苹果挂枝时，树上的青苹果吸引着一群群小毛孩们。过去，浩海爷对这两棵树并不在意，小家伙摘几个也不怪罪。

　　可今年却不同，苹果树上刚挂果，浩海爷便搬了把竹椅子坐在树下，整天站在树下数来数去，眼看着苹果越来越大，浩海爷看管得更严了。这可急坏了小孬、胖墩、狗剩儿三人。他们去了几次均未得手，只能看着树上的苹果流口水。

　　他们三个都是村小学四年级的学生，又是好朋友，整天形影不离。这天放学后他们又聚到了一起，小孬先吧咂着嘴说："浩海爷的苹果都快摘了，要是过去咱们早就吃到嘴了，可今年连味儿都闻不上。"胖墩马上接口说："对呀！今年他家的苹果格外好，有几枝都垂到地上了，看了都眼馋。"狗剩儿也唠叨着："不知为什么今年浩海爷看管得那么严，天天坐在树下，咱一点儿机会都没有。"

"你们真想尝尝鲜？"话声传来，把他们吓了一跳，扭头一看，原来是班里号称"机灵鬼"的刘棒棒。刘棒棒早就想加入他们的队伍，但他们嫌棒棒嘴不严不要他，谁知想偷苹果的事偏偏让他听到了。

他们三人一对眼色，怕棒棒说出去，便想拉他一起干。胖墩冲着棒棒说："我们想弄几个尝尝，你有啥好办法？"棒棒冲他们神秘地一笑，招招手说："你们俯耳过来，我告诉你们。"棒棒轻轻地如此这般一说，三个人齐声说："好！"

说干就干，他们背着书包来到浩海爷家门口，看见浩海爷正坐在椅子上打盹，胖墩和小孬藏了起来，狗剩儿和刘棒棒抱着肩膀前走。狗剩儿突然捂着肚子叫了起来："唉哟，疼死我了，疼死我了！"说着便躺到地上乱滚起来，刘棒棒于是大声喊："来人呀，快来人呀！"

浩海爷听到喊声，忙跑了过来，想着是狗剩儿得了急病，背起他就往卫生所跑，刘棒棒便冲着藏在暗处的胖墩和小孬挥了一下手，一起往苹果树下跑。

终于得了手，胖墩和小孬摘了两大书包苹果，四个人围成一圈，又是吃又是笑，别提心里多高兴了。

浩海爷回家一看，树叶落了一地，苹果丢了不少，浩海爷唉声叹气，直埋怨自己太粗心，没有关好门。

这怎么办呢，本来苹果就少，这么一来……唉！

你说浩海爷为啥叹气？原来，浩海爷准备把这些苹果送给帮助修建水库的解放军战士。自从部队进驻到离村不远的水库开始施工以来，浩海爷便有了这个心愿。浩海爷去了几次工地，看着战士们挥汗如雨的场面很受感动。他是个孤身老人，生活不富裕,没有多余的钱给子弟兵买东西表心意,就想到了自家的苹果树,想等苹果熟时,把苹果送给子弟兵,让每一位战士尝尝鲜。可现在,根本就不够每人一个苹果了。

浩海爷没办法,只好到街上捡破烂卖钱买苹果。村里人见了很感动,主动凑钱给他,可浩海爷说什么也不要,老人说:"这是我的一桩心事,我要靠自己的能力实现自己的心愿。"

却说浩海爷每天上街捡破烂,心里一直牵挂着苹果树,可令他奇怪的是接连几天,老人都发现苹果树下有落地苹果。他捡起一看,苹果不烂不坏,想着是刮风刮掉了,便随手放进了筐里,想等苹果全熟时,一齐送到部队去。这天清早,浩海爷起床后到院子里一看,苹果树下有几个梨,他便觉得不可思议,抬头看苹果树,自言自语地说:"怪事,这苹果树上掉下来梨,真蹊跷!"

浩海爷便留了心。一天夜里,他看见一个小孩走进院子,小家伙把什么东西放到苹果树下转身便跑,浩海爷跑过去一把抓住了他,一看,原来是刘棒棒的弟弟刘超,树下又多了几个梨。

浩海爷问谁让他放的,小刘超扭着身子奶声奶气地说:"我不能告诉你,如果我说了,哥哥会骂我的。"

浩海爷扬起巴掌,佯装生气说:"你到底说不说,不说就要打屁股了。"

小刘超忙捂住屁股说:"是我哥哥他们偷了你的苹果,后来听说你的苹果是准备送给解放军叔叔的,就很后悔。给你送苹果又怕你不要,他们就想了一个办法,用零用钱买苹果,每次都偷偷放到树下。我也要做好事,送礼物给解放军,我就缠着妈妈给我买东西吃,我就把妈妈买的梨拿来了。"

浩海爷一听,一把抱住小刘超,激动地说:"好孩子,明天咱们就摘苹果,和你哥哥他们一起给解放军叔叔送去!"

(陈荣霞)

(题图:魏忠善)

冬冬和小胖

　　冬冬家今年种了四亩西瓜,为了想多卖两个钱,爸爸决定在城里设个摊。

　　爸爸对冬冬说:"乖儿子,爸爸忙,暑假你帮爷爷守摊卖瓜,开学时,爸就给你买个足球。"

　　"真的?"冬冬高兴得一蹦老高。冬冬喜欢踢足球,早就盼着自己有个足球了。

　　冬冬家的瓜摊设在城里一个小区门口。冬冬嘴比瓜甜,小区的人喜欢他,都上他这儿来买瓜。冬冬心也热,上了年纪的老人或是小孩来买瓜,冬冬更是送瓜上门。别看冬冬才12岁,身体可壮实了,十多斤的西瓜抱在怀里,仍然健步如飞。没人来买瓜的时候,冬冬乘爷爷不注意,就找个西瓜放在脚下当球盘,过过

"球瘾"。

这天,冬冬去送瓜,看见一群和自己一样大的孩子正在小区空地上踢足球。冬冬非常眼馋,好想上去和他们一起踢着玩,可他要去送瓜呢!这时候,正巧他们把球踢到冬冬脚下,虽然冬冬怀里抱着大西瓜,但还是忍不住用脚把球挑起,然后一侧身,凌空把球准确地踢了回去。

这下可把那群踢球的孩子给怔住了。这时,有个小胖子又把球开了过来,冬冬情不自禁地放下西瓜,迎上去高高跃起,又把球给顶了回去。

"哇噻!卖瓜的,想不到你也会踢足球?"小胖子和伙伴们"呼啦啦"一下就围了上来,拉冬冬去和他们一起踢足球。

冬冬弯腰抱起西瓜,一脸歉意地说道:"对不起,你们踢吧,我还得去送瓜呢!"

小胖子他们感到很失望:"没劲!你们这些乡下人,咋眼里就知道钱呢?"

第二天,小胖来买西瓜,冬冬便挑了个大瓜给他送去。

到家后,小胖硬拉冬冬进屋喝汽水,看足球画报。小胖对冬冬说:"你会凌空射门,头球,这些都是小儿科!'倒挂金钩',行吗?"

冬冬不好意思地挠挠头:"这很难,我腿都跌青了,也没能学好。"

这下小胖得意了:"你不会?我会!"

冬冬望着肥嘟嘟的小胖,根本就不相信他能做倒挂金钩!

小胖不服气,说:"不信?那我就做给你看看。"说着小胖把冬冬带进书房,打开电脑,原来他是在电脑上玩倒挂金钩!小胖一连做了几十个,把从没见过电脑的冬冬看得目瞪口呆。

小胖越玩越高兴,上卫生间也不让冬冬走,"你等等,我马上再给你表演'香蕉球'直接破门!"

小胖进了卫生间,冬冬手痒痒,忍不住便想趁机学学小胖,照小胖样操作电脑,也来两个倒挂金钩。谁知那电脑就是不听使唤,慌忙中乱按了几下,竟把电脑上的画面按没了。

冬冬吓坏了,这可怎么办? 三十六计,走为上计。于是冬冬脚底抹油,赶紧溜出小胖家。

谁知冬冬刚回到瓜摊上,小胖就从后面撵来了。

小胖怒气冲冲地把冬冬叫到一边,发火道:"你把我电脑弄坏了,招呼不打就跑,你能跑掉吗?"

冬冬理亏,低着头说:"你说要多少钱修,我叫爷爷赔你……"

小胖不屑道:"电脑上万块,你赔得起吗? 你们卖一夏天西瓜也不够赔的!"

那可怎么办? 冬冬急得要哭。

"唉——"小胖叹一声,"瞧你乡下人,也怪可怜的,那就不要你赔了。我爸问,就说是我自己弄坏的。不过,你得答应我一个条件。"

冬冬忙说:"行,别说一个,十个也行! 你说,要我干什么?"

小胖说:"其实很简单,就是答应跟我们一起去踢球。我们学校六(三)班的阳阳太张狂了,球踢得好,号称自己是'贝利第二'! 明天下午放学后我们比赛,你得帮我们把他打败。"

"这……"冬冬为难了。

小胖说:"不就是卖瓜、送瓜吗? 打败了贝利第二,我们一起帮你就是了。"

冬冬没办法拒绝,只好答应了。

第二天下午,冬冬借口肚子疼要上厕所,从爷爷那儿溜了出来,跟小胖一起找阳阳他们去踢足球。

号称贝利第二的阳阳根本就不把小胖他们放在眼里。可谁知比赛一开始,小胖他们的前锋冬冬就迅如猎豹,左冲右突,频频撕破阳阳他们的防线,没过多长时间,就连灌了三个球! 比赛结束,0：5! 阳阳他们输得惨不忍睹!

小胖来到还没缓过神来的阳阳面前,笑着拍拍阳阳的肩膀,说:"还贝利第二呢! 不好意思,同学哥,继续努力啊! 要不下次比赛,再灌你五个蛋,就更没脸见人了。"说完,他和他的小伙伴们昂首挺胸打道回府。

路上,小胖对小伙伴们说:"这次我们打败'贝利第二',扬眉吐气,实在是冬冬的功劳。我建议大家马上都去帮冬冬销几个大西瓜!"

小伙伴们很兴奋,异口同声地说:"好!"

小伙伴们来到摊前,每人买上一个西瓜抱回家。爷爷一高兴,也顾不上骂冬冬贪玩了。

天渐渐擦了黑,瓜摊上的生意凉了下来。就在这时,小胖抱着西瓜过来了,生气地对冬冬说:"冬冬,你们家西瓜坏了,根本不能吃!"

冬冬吃了一惊:我家什么时候卖过这么小的西瓜呀? 刚才,我帮你们赢了球,想不到你小胖过河拆桥,竟是这样的人! 冬冬于是毫不客气地说道:"小胖,瓜钱我可以还你,但做人要诚实。我必须申明,这西瓜一看就不是我家卖的,你拿走!"

小胖说:"你不要,那我就砸啦?"

"你砸吧!"冬冬没好气地说。

谁知小胖竟真的使出吃奶的力气把西瓜朝地上狠狠砸去!"咚"的一声响,西瓜不但没碎,反蹦到天上去了。原来,这西瓜竟是一只足球!

冬冬惊讶极了。

小胖接过球,把它给冬冬,笑道:"刚才是逗你玩呢! 我那电脑根本没坏,骗你帮我去踢球,不好意思,特来向你赔礼道歉。你不是很喜欢踢球吗? 我有两个足球,嘻嘻,新的舍不得送给你,送你这个是旧的,把它涂成西瓜样,是想遮遮丑……”

　　冬冬太激动了,一下抱住小胖,说道:“小胖,刚才我也误会了你,请你原谅。”

　　小胖说:“没事! 我们是朋友了。明天,我们都来帮你卖瓜、送瓜,晚上你再和我们一起踢足球,好吗?”

　　冬冬激动地说:“好,好!”

　　两个孩子搂在一起,好长时间都不愿分开。

（钱　岩）

（题图:魏忠善）

偷来的东西不好吃

　　考试刚结束，王东就随爸爸去老家胶东农村看望年迈的爷爷奶奶，妈妈答应让他在那里过整整一个暑假，可把王东乐得！

　　没过一个星期，王东就和农村的孩子们混熟了，尤其是和两个分别叫"小胖"和"大头"的简直成了形影不离的好伙伴。三个人在一起玩的时候，王东常听他们很神秘又很自豪地谈起偷瓜摸枣的事：黑咕隆咚的夜晚，两个人偷偷地摸进瓜地，采取声东击西的战术，小胖故意弄出点动静，把看瓜的人吸引过去，大头则趁机偷瓜，最后再一起聚在玉米地里猛吃一气……嗨呀，那份乐趣、那个刺激呀，王东羡慕得真恨不得一块儿跟了去。

　　这天天刚擦黑，小胖和大头来约王东一块儿出去。小胖说："村东头的李大娘家那棵梨树，枝头都被压得快趴着地了，反正她以后收着也是给俺们娃儿吃的,不如咱今天先自个儿动手去?"

小胖原以为王东听他这么一说准会高兴得跳起来,可谁知王东竟没有接腔。咋?王东回老家的第一天,爸爸就一再嘱咐他不要惹是生非,虽说在农村有"瓜果梨枣不算偷"的说法,可毕竟是不道德的事呀!羡慕归羡慕,真要去做,王东迟疑了。

小胖和大头原来对王东挺有好感,城里来的,见过世面,可没想到他竟这么胆小。两个人一下子觉得没了劲,朝王东哼了一声:"没出息!"抬脚就想散伙。

散伙不打紧,可刚才他们的这一声"哼"可把王东给激怒了,十五六岁的年龄,谁想做狗熊?"你们在这儿等着,我今天做一回孤胆英雄给你们看看!"王东一声吼,随即便消失在黑夜之中。

王东去哪儿了?他一路直奔,悄悄去了村西头王大爷家,王大爷家的院子里有一棵又高又大的柿子树,树上挂满了红彤彤的柿子,王东刚来的时候,就被这红红的东西吸引住了,但他不知道这亮眼的东西叫什么,后来才知道这叫柿子。王东从来没吃过柿子,每次经过那里,就猜想这柿子的味道肯定美妙无比。今天一样摘,就摘几个没吃过的东西尝尝。

王东爬上墙头,向王大爷的屋里一望,没有点灯,可能王大爷已经睡觉了。王东心想:真是天赐良机,正好下手。柿子树的枝叶遮搭在墙头上,挂在枝上的柿子伸手就可以摘到,于是王东一抬手就摘了一个。张开口刚想咬,忽然觉得自己有些不够义气,小胖和大头还在那儿等着哩!于是王东忍住馋虫,边摘边往兜里塞。可能是拽得太猛,树叶发出的"沙沙"声惊动了屋里的王大爷,只听王大爷猛喝一声:"谁?"这一声,可把王东吓坏了,捂住兜里的柿子,跳下墙头飞快地跑了。

王东跑到小胖和大头那儿,小胖见王东衣服兜里塞得鼓鼓的,就问:"你给我们弄来什么好吃的了?"王东边掏边说:"是柿子,王大爷家的!""啊?"小胖和大头一听,不由惊叫了一声。王东不禁得意起来！

王大爷是村里顶厉害的老头，整天阴着个脸，不爱与人说话，小胖和大头平时最怕他了，王东平时听他们说拿东家瓜、西家枣的事，就从来没听他们说过拿王大爷家柿子的事，他们不敢做的事，王东今天偏做了，王东觉得自己浑身充满了英雄气。他挺大气地把兜里的柿子拿出来，往小胖和大头的手里塞："吃吧，大家都快吃吧！"可小胖和大头却拼命地推辞，还不住地"吃吃"偷笑："这个东西我们在乡下吃得多了，还是你自己留着慢慢吃吧！"

三个人正推让着，忽然，小胖喊道："啊，有人，快跑！"话音刚落，小胖和大头就跑得没了影，王东慢了一步，胳膊就被一只有力的大手给扭住了。惊吓中，王东已认出，抓他的正是王大爷。只听王大爷闷闷地吼了一声："你是谁家的孩子？""我，我……"王东吓得说不出话来。这时，王大爷却放了手，说："噢，你是那个从城里来的孩子？怪不得你会偷我的柿子！"他是从口音里听出王东来的。

王大爷一看王东手里捧着七八个柿子，就拿起一个，硬塞到他嘴边，命令道："吃！"王东吓得两腿直哆嗦："王大爷，我再也不敢了，你饶了我吧！"可王大爷非要王东吃不可，王东没法，只好咬了一口。谁知刚咬下去，"哇"一股汁水又苦又涩，王东立刻觉得自己的嘴唇变硬了，舌头发直了，上下嘴巴也不听使唤了，他吓得大哭起来，手里的柿子甩了一地。王大爷很生气地说："以后还吃不吃了？"王东只是哭，好容易抽抽搭搭挤出三个字："不——吃——了。"王大爷这才抬腿走了。

这天夜里，王东一宿没睡好觉，怕王大爷到家里来告状，可第二天却什么事也没发生，倒是小胖和大头，也不来约王东玩了，碰到了只是一脸的鬼笑。这样过去了三四天，还是一切如常，王东这才将悬着的一颗心放了下来，他不禁感激起王大爷来，觉得王大爷看样子很凶，其实是一个好人。

时间过得很快，一晃又两个星期过去了，这年的秋季似乎来得特别早，眼看着还有一个星期才开学哩，天却早早地凉快了起来。这天，王东到村外水库游泳，回到家里，只见桌子上摆着一盘红彤彤的柿子，奶奶说："是村西头那个王大爷专门送来的，说是让你这个城里娃尝尝鲜！"王东吓坏了，问奶奶："王大爷还说什么吗？"奶奶忙着做饭，头也不抬地说："没有哇！其实咱家和人家王大爷平时也没什么来往，人家今天会送柿子来，还是你这孩子面子大啊！要知道，这棵柿子树是他一年唯一的收入啊，你见了王大爷，一定要好好谢谢他！"

听奶奶这么一说，王东感动得都快要哭了，可一想起柿子那又苦又涩的味道，王东不禁又怀疑王大爷是在捉弄自己。他脱口说："奶奶，其实这柿子是不好吃的！"奶奶吃惊地抬起头："傻孩子，没吃过，怎么知道不好吃？吃一个，尝尝！"王东愣着，没动。奶奶笑了，拿起一个柿子，硬让王东咬一口。哇！咬开的柿子肉像糖稀一样流了出来，王东小心翼翼地用舌尖去舔，这一舔，味道完全不是涩涩的了，而是非常非常的甜……

王东三口两口把这只柿子吃完，跳起来就向王大爷家跑去。王大爷正在灶下做饭，王东不好意思地对王大爷说："谢谢你，王大爷！"王大爷"嗯"了一声，脸上什么表情都没有。王东的脸"唰"地红了，仿佛又回到了那天晚上。"可是……可是……"王东喃喃道，"那天晚上的柿子为什么那样不好吃？难道是……是因为偷……"王东话还没说完，王大爷却突然"哈哈哈"笑出声来，这是王东从未看到过的笑脸。

王东从王大爷那里知道，摘下来的柿子必须在缸里和苹果间杂放一段时间，经过类似于"烘"的处理，柿肉才会变成糖稀一样甜。除此之外，他还明白了一个道理：凡偷来的东西，一定不好吃！

（孙洪鹏）

（题图：杨宏富）

衣柜后面的秘密

天热了，小强跟爸妈闹了几次，要装空调。

爸爸皱皱眉头说："夏天就热那么一个多月，忍一忍就过了。"

妈妈把小强拉到一边，悄声说："小强，你爸今年做生意赔钱了，空调明年再说吧……"

可小强没等妈妈说完，就气呼呼地回了一句："你们赔钱关我什么事！你们把冰箱卖了还钱，现在又不让装空调，你们要热死我啊？"小强觉得委屈，眼泪都快掉下来了。

晚上，小强躺在床上，越躺越热，觉得自己像是孙悟空被关进了太上老君的炼丹炉里。炼丹炉？小强忽然灵机一动，脑子里蹦出了一个鬼主意。

第二天晚上睡觉前,小强找出一个小电炉,趁爸爸妈妈在客厅的时候,偷偷溜进他们的房间,把小电炉放在大衣柜后面,插上电源,随后才蹑手蹑脚溜回自己房间睡觉。

小强这样做,是希望爸爸妈妈热得受不了了,就能给家里装空调。可他躺下以后又担心:万一爸爸妈妈发现是自己捣的鬼,怎么办?想来想去,他越想越不安:就算爸爸妈妈没发现,这么热的天,房间里有个电炉在"呼呼"地冒热气,真要热死人呢!

小强悄悄从床上爬起来,决定去爸爸妈妈房间看看。他轻手轻脚来到他们房门外,竟发现两个大人还没睡,正在说着什么——

爸爸重重地叹了口气。

妈妈安慰爸爸说:"没什么大不了的,做生意嘛,总是有赔有赚的。"

爸爸沉默了一会儿,说:"要不咱先借点钱,给小强屋里装个空调吧?"

"别啦!"妈妈说,"咱还欠着人家两万多块钱呢,装空调的事就先搁一搁吧。"

爸爸没吱声,只是又长叹了一声,说:"唉,我让你们娘俩跟着受苦啦!"

听到这里,小强的眼泪忍不住涌了出来,他跑回自己房间,扑在床上用枕头蒙着头,"呜呜"直哭。他狠狠地骂自己:都快十四岁了,怎么还像个小孩子似的这么不懂事?

就在这一刹那,小强忽然觉得自己明白了好多道理,他为自己的一时糊涂而羞愧,他很想去爸爸妈妈房间,悄悄把大衣柜后面的那个小电炉拿回来,可又怕他们发现,于是就在房间里走来走去,想等他们入睡了去。

小强的房间里也有一个衣柜,忽然间他有一种奇异的感觉:每次走到衣柜那里,就会感到一阵扑面而来的凉爽。开始他也没在意,后来发现真的是这样呢,就不由伸头去看。

唉,衣柜好像被挪动了位置?后面竟多了一只大塑料桶。

小强探身进去一看,发现桶里盛着大半桶冰凉凉的水,水里还有没有完全融化的冰块。

原来是这样!小强仿佛看到爸爸妈妈满头大汗地买来大冰块,放进塑料桶,又费力地将桶搬进他的房间⋯⋯

他的眼泪终于忍不住流了下来,一边大喊:"爸爸!妈妈!"一边就往他们的房间跑。

爸爸妈妈不知道发生了什么事,立刻拧亮了灯,冲出门来。

妈妈一看小强涨红着脸,脸上满是泪水,着急地问:"怎么,还是很热吗?"

小强什么话也没说,一下抱住了妈妈,又拉着爸爸,说:"妈妈!爸爸!你们今晚可以跟我一起睡吗?"

"哦——"爸爸意味深长地说,"小强今天怎么和爸爸妈妈这么亲热了?"

这一晚,爸爸妈妈和小强,一家三口在一个房间里,睡得很甜。

半夜里,小强起来上厕所的时候,悄悄去爸爸妈妈的房间,想把那只小电炉拿走。可他走到衣柜后面一瞧,发现那里什么都没有啦!

(芦宏伟)

(**题图**:安玉民)

有裂纹的镜子

　　寒假里,10 岁的阿奴和 8 岁的罗格一起住到了爷爷家里。姐弟俩平时分别在两地上学,平时难得见上一面,这次能一块儿来爷爷家里小住,他们开心极了,成天打打闹闹的兴奋不已,把爷爷家闹得个天翻地覆。

　　这天一大早,罗格还在睡大觉,阿奴就兴冲冲要拽他起来。罗格赖在床上说:"嗨,早着哪,让我再睡会儿。"说完翻了个身,将被褥拉过来蒙住了头。阿奴哪里肯让,又是捶他,又是拉他。罗格这下睡不踏实了,一骨碌坐起来,打着呵欠问道:"你有什么事,非要我这么早起来?"

　　阿奴附着他耳朵说:"我们去把爷爷更衣室里的那面镜子弄破,好吗?"

罗格听了一惊,看着阿奴:"你脑子里是不是灌水了?"

要说淘气,罗格比阿奴更淘气,可他好坏还是分得清的:那面镜子爷爷看得很重,是很值钱的古董,怎么能去把它弄破呢?

可阿奴似乎丝毫没有意识到这一点,还嘲笑罗格说:"你自己的脑子才灌水哩!"她对罗格说:"如果你今天想找乐趣的话,就跟我来;要不然,我就一个人去干。我很想看看那面镜子,如果上面有裂纹会是什么样子。"

阿奴这么一说,把罗格的胃口给吊起来了。罗格想了想,问阿奴:"你告诉我,我们这么干没危险吧?我们是来度假的,如果惹爷爷生气,我们的假期就会被毁了!"

可阿奴不怕!阿奴朝罗格眨眨眼睛,说:"如果你想要得到乐趣,就必须去冒险。看来你这小子缺乏冒险的勇气,好吧,那就乖乖睡你的觉吧!我走了,我可要去冒险了。嘿嘿,你等着瞧,看我怎么把那面镜子弄破。"阿奴向罗格抛来诱饵。

被阿奴这话一激,再瞧瞧阿奴那神气活现的样子,罗格动摇了:"好吧,谁让我们是姐弟呢!我就陪你一回吧!"罗格把他刚才的担忧全丢到了脑后。

阿奴一听,顿时咧开嘴笑了:"好。那么在这次行动中,你就是我的搭档了!"阿奴朝他一招手,"过来,我们马上就制定我们的行动计划。"

于是,他们姐弟俩肩并肩坐在床沿上,脑袋立刻凑到了一起。阿奴把她的计划和盘托出,每个细节都设想得恰到好处,罗格对它赞不绝口。

紧接着,他们的行动就开始了。两个人踹进更衣室,在里面鬼鬼祟祟地干了大约一刻钟,然后哭丧着脸来到了爷爷的书房里。

爷爷正戴着个眼镜在读报,听到脚步声,回头一看是两个小家伙站在门口,高兴地说:"啊哈,你们好吗?想要我陪你们玩?我只需10分钟就能把报纸读完。你们等我一会儿,好吗?"

姐弟俩没有答话,也没有走近他,而是垂着脑袋站在那里,身子一动不动。爷爷觉得很奇怪:"发生什么事了?"

阿奴低声说:"爷爷,对不起。"

罗格跟着说:"爷爷,我也对不起。"

"对不起什么?"爷爷迷惑不解地问。

阿奴呜咽道:"不是我的错。"

罗格小声辩解了一句:"也不是我的错。"

爷爷看了看这姐弟俩,将手里的报纸一扔,说:"看来你们是给我惹下什么事了吧?"

阿奴和罗格偷偷瞥一眼爷爷,发现他的鼻孔在微微抖动着,姐弟俩知道,爷爷要发火了。"告诉我,罗格,究竟发生了什么事? 是不是你们又淘气了?"

罗格看了看阿奴,带着哭腔对爷爷说:"您问阿奴吧,都是她……她比我大。"

爷爷的鼻孔抖得更厉害了:"阿奴,你怎么不说话啦? 小丫头,你平时不是叽叽喳喳很会说话的吗? 怎么现在就一声不吭了呢?"

阿奴抬头看了爷爷一眼,又立刻低下头去,吞吞吐吐地说:"爷爷,更衣室里的镜子……"

"镜子怎么了?"

"它裂了。"

"裂了? 我的上帝,怎么会裂了呢?"此刻,爷爷不但抖鼻孔,嘴里还"呼噜呼噜"直吐气。

阿奴害怕了:"爷爷,不是我们的错……"

但是,爷爷已经顾不得听她说话了,直向他的更衣室走去,姐弟俩小心翼翼地跟在他的后面。走进更衣室,爷爷审视着他那面宝贝镜子,只见镜面虽然没有完全碎裂,但上下裂了许多条缝。爷爷心疼得咆哮如雷:"说,它怎么会成这个样子的?"

"不是我。"阿奴的声音显然有些发抖。

"也不是我。"罗格那样子也好不到哪里去。

爷爷冷冷地瞪着他们,说:"告诉我,你们在这里玩球了吧?弹着它到处乱跑,结果球撞到了镜子上,将它撞裂了?"爷爷试图推测出姐弟俩的"犯罪"过程。

"可是,爷爷,如果……"阿奴尽量压低嗓音说。

"没有'如果'!"爷爷继续咆哮着。

罗格在旁边插嘴道:"爷爷,如果您肯听我们说……"

"说什么?"爷爷直视着罗格的眼睛。

罗格的声音响了:"爷爷,我们能把这些裂纹去掉。"

"荒谬!"爷爷鼻子里哼了一声。

"真的,爷爷,我们能!"阿奴重复了一遍罗格的意思。

爷爷不信:"你们还想变魔术?傻瓜!破镜难圆,你们懂吗?"

可姐弟俩却突然哈哈大笑起来!阿奴向罗格打了个手势,罗格马上心领神会地跑出去拿来一条湿毛巾,阿奴接过毛巾,走到镜子前使劲儿一擦,嘿,镜面上的那些裂纹真的消失了。

"什么?"爷爷简直不能相信自己的眼睛。

阿奴对爷爷解释说:"对不起,爷爷,我们是给你开玩笑的。我们刚才先把一块肥皂削得尖尖的,用它在镜面上画出一根根线条,让它看上去像裂了一样……"

爷爷又惊奇又兴奋:"这个办法,你们是从哪里学来的?"

阿奴笑道:"是从我们老师那里学来的呵!爷爷,我们老师小时候对她的爷爷也做过这样一个恶作剧。"

"哈哈,看来你们是照葫芦画瓢了!"爷爷笑着将姐弟俩拥入怀中……

(李荷卿　编　译)

(题图:箭　中)

校 园 星 光

人生最美好的主旨和人类生活最幸福的结果，无过于学习了。学会读书，便是点燃火炬；每个字的每个音节，都发射火星。

妈妈睡觉了

　　语文老师布置了一道作文题:妈妈睡觉的样子。老师要求同学们一定要仔细地观察,写出自己妈妈睡觉时的特点。

　　肖秋林是语文课代表,作文一向写得不错。开始,他觉得这篇作文应该不难写,可提起笔来,却不知道从哪儿写起,因为他压根儿就不知道妈妈睡觉是什么样子。好在还有几天时间交作业,于是他就开始留意起来,打算好好观察观察妈妈睡觉的样子。

　　肖秋林的妈妈在一家洗浴中心当搓澡工,尽管每天很晚回家,可到家后,她除了检查肖秋林的作业外,还要给他洗澡,为他揉揉脖子、搓搓背,肖秋林每天都是舒舒服服地洗完澡后才睡觉。

　　这天晚上,肖秋林洗完澡后没有马上去睡觉,而是一个劲儿地催妈妈睡。妈妈觉得很奇怪,问他咋还不睡,肖秋林说:"妈妈,你先睡吧,我想……我想看看你睡觉的样子。"

妈妈一听就笑了,说:"小孩子家别瞎闹,妈妈睡觉有什么好看的? 再说我一时半会儿也睡不了,还有好多事儿没做呢!"妈妈硬逼着肖秋林去睡觉,随后她自个儿又忙活开了。

肖秋林拗不过妈妈,就决定先去自己床上躺着装睡,等妈妈忙完家务睡觉以后,自己再偷偷起来观察。可是装着装着,不一会儿,他就真睡过去了,等一觉醒来睁开眼睛一看,天早已大亮,已经是第二天早晨了,妈妈正在厨房里忙着呢! 肖秋林心里懊悔死了:看来,要想看到妈妈睡觉的样子,一定要比妈妈起得更早。干脆,半夜里起来看!

当天晚上,肖秋林问同学借了个小闹钟,睡觉前定好时间放在自己的枕头边。夜里一点整,小闹钟准时叫醒了肖秋林,他一骨碌爬起来,走出自己房间,轻轻地来到妈妈卧房门口。只见房门虚掩着,可是推开门一看,床上却不见妈妈。

妈妈在哪里呢? 肖秋林四下一看,发现卫生间里亮着灯,他轻手轻脚地摸过去,见卫生间的门也虚掩着,里面没有一点动静,从门缝里看去,妈妈正躺在浴缸里,已经睡着了。肖秋林轻轻地推开门,这一次,他终于看到了妈妈睡觉的样子……

第二天,该交作文了,可老师发现,唯独少了肖秋林的。上课的时候,老师问肖秋林为什么不准时交作业,肖秋林脸红红的,嗫嚅了半天才说:"我妈妈不……不让交。"

老师很惊讶:"不让交? 为什么?"

肖秋林回答说:"老师,我妈妈说……说我写了她的隐私。"

肖秋林的话刚一说完,全班同学就"轰"的一声笑开了。

老师好容易才忍住笑,对肖秋林说:"你妈妈也太夸张了吧? 谁都有睡觉的时候,这是一个人的正常生活状态,这怎么能说是隐私呢?"

肖秋林吞吞吐吐地说:"老师,我妈妈睡觉的样子,真的很……很不……其实,我当时看见她那个样子,也很不好意思……"肖秋林说到这里,脸一下红到了脖子根。

同学们似乎从肖秋林的话中想象到了什么,忍不住窃窃私语起来,有的甚至还捂着嘴"嘻嘻"地笑。

"你到底看见什么了呢?"老师话刚出口,突然一阵后悔,心里直发怵:难道这孩子看到什么令他难堪的一幕了?

果然,肖秋林扫了一眼周围的同学,说:"老师,我……我真的不好说,不过,我都把它写在作文里了。"顿了顿,他又小心翼翼地说,"老师,我有个要求,这篇作文只能给您一个人看,好吗?"

老师不由脸色沉重地点了点头。

肖秋林这才掏出作文本,双手递给了老师。

老师忍不住当堂就看了起来。

可是,当他看完肖秋林的这篇作文后,他的脸上显出了一种从未有过的、非常激动的神情,他的眼眶湿润了,他决定立即把它读给全班同学听。

作文的结尾,肖秋林这样写道:

　　我看见妈妈赤裸着身子躺在浴缸里,头耷拉在胸前,臂弯里搭着一条湿漉漉的毛巾……她很像一尊圣母雕像,显得是那样的神圣而庄重。面对妈妈这个样子,我真的有些不好意思,我怕妈妈会发现我在偷看她,其实妈妈早已睡着了,鼾声断断续续的,她是在洗澡时不知不觉地睡着的。

　　自从三年前爸爸病故后,家庭的重担全压在妈妈一个人身上,她太劳累了。那时候,我真想走近她的身旁,像她每天给我搓澡那样,也给她轻轻地、轻轻地搓个澡……

（金　戈）

（题图:杨宏富）

给老师上课的学生

刘玲玲从师范学校毕业,当上了一名小学老师。

开学没多久,她就觉得班里有个学生很麻烦。这个学生名叫姜天,年纪不大,胆子却很大,总爱在她上课的时候提出不同意见,她在上面说,姜天在下面说,把课堂纪律搞得一塌糊涂。为此,刘玲玲跟姜天的家长反映过好几次,但姜天依然我行我素。

这天,刘玲玲在课堂上绘声绘色地讲起了"曹冲称象"的故事。说曹冲先让大象站在船上,在船沿刻上船吃水的印记,然后牵走大象,往船上装石头,一直装到船沿吃水位置与大象刚才在船上时一样为止,然后称一下已经装上船的石头的总重量,大象的重量也就知道了。

刘玲玲讲完故事后,特地加重了语气,问同学们:"大家说,曹冲称象的办法聪明不聪明啊?"

"聪明!""太聪明了!"同学们七嘴八舌地应和着。

想不到,就在这时,一个声音突然冒了出来:"老师,曹冲一点儿也不聪明!"

刘玲玲一看,又是姜天,他这不是故意捣乱吗?

刘玲玲很不高兴,装作没听见,把脸扭向其他同学,说:"这一课讲完了,老师接着讲下一课。"

没想到,姜天竟然不肯罢休,大声喊起来:"老师,曹冲真的不聪明!"

这下教室里乱了套,同学们"轰"的一声笑起来。

刘玲玲强压着心中的火气,冲姜天一指:"姜天同学,你说曹冲不聪明,我课后再听你说,请你不要违反课堂纪律,好吗?"

姜天听了,张了张嘴还想说什么,同桌拉了拉他的衣角,他才很不情愿地住了口。

可是课后,刘玲玲并没有听姜天说,而是向他父亲告了一状,结果,姜天父亲回家狠狠揍了姜天一顿。

第二天,姜天没来上学,刘玲玲感到自己有点过分,于是下课后就买了水果,上门看望姜天。

姜天的手被父亲打得又红又肿,他看见刘玲玲来了,眼中闪着泪花,委屈地说:"老师,我不是想捣乱,曹冲真的一点儿也不聪明啊!"

刘玲玲没想姜天年纪这么小,脾气却这么倔犟,不由皱了皱眉头,问:"为什么呢?"

姜天说:"老师,曹冲为啥不用人来代替石头呢?石头搬来搬去多麻烦啊,而人有两只脚,自己就能走动……"

姜天话还没说完,刘玲玲心里猛地一震:是啊,这孩子说得对,这一点我怎么没想到呢?

她紧紧搂住姜天,说:"对不起,姜天,你是对的,老师应该向你学习。以后……以后,请你多指点老师。"

从此,刘玲玲非常注意鼓励同学进行创造性思维,上课时,任何同学都可以对她的讲课内容提出疑问。因为她懂得:鼓励学生积极思考,是最好的教育方式。

这一课,是姜天给她上的。

（胡小卫）

（**题图:**安玉民）

美丽的错误

暑假过后,同学们最时髦的话题就是假期生活。谁学会电脑,谁逮住小偷,谁掏下水道掏出一枚金戒指,一天之内就能成为全班的焦点人物。今年最耀眼的头号明星,猜猜是谁？是大牛,大牛暑假里去了海南,亲眼见到大海,而且来回都是坐飞机！

这座山区小城,四面环山,抬头是山,低头还是山,谁不向往大海？全班 56 个同学,没有一个人坐过飞机、见过大海。消息传开后,最吃惊的要数同桌的李勇。为啥吃惊？因为李勇和大牛两个平时学习平平、家境平平、表现平平,算是一根藤上的两个苦瓜,从初一到初三,从来没有任何惊人之举,一直被同学们视为平庸之辈。李勇心想:大牛吹牛不打草稿,所以叫他大牛,这一次会不会老毛病又犯了,胡吹乱侃瞎蒙人呢？

但这一次,李勇想怀疑也怀疑不了。因为大牛不仅能说出如何如何坐飞机,大海如何如何壮美,而且他手中还握有一个塑料瓶,铁证如山哪!塑料瓶上印有"西南航空"四个字。大牛说,这是坐飞机时空姐送来的免费饮料,喝完顺手留下来做个证据。光有一个空瓶,当然不能令人信服,问题是瓶内还装有满满一瓶海水!大牛说,这瓶海水,是他亲手在著名的旅游景点"天涯海角"灌的,目的就是为了证实此行千真万确,让人口服心服。这瓶海水在山里同学中引起的轰动效果,不亚于发现了外星人!

记得上地理课时,老师说地球表面十分之七是大海,海水是咸的,全班同学半信半疑,感到不可思议。李勇当时就纳闷;怎么我见过的地方,十分之十全是大山?喝过的水全是淡水?海水要是咸的,住在海边的人家只要提来一桶海水,炒菜、做汤、腌萝卜什么的,不就全解决了?谁家还买盐巴?怪!

眼下,大牛有了一瓶海水,谁不想尝一尝?教室里炸开了锅,同学们众星捧月一样将大牛团团围住。大牛神气十足,断然拒绝:"不行!这是坐过飞机的海水,哪能随随便便想尝就尝?"大牛只把瓶子递给几个班干部,还紧张得连连警告:"每人只准抿,不许喝啊!"看他那副样子,就像瓶子里装的是仙露圣水!

那几个喝过海水的同学欢喜若狂,说:"真是咸的,海水!哇,我喝到海水啦,天涯海角在我心中!"这一下,李勇不得不对大牛刮目相看。他本来指望大牛会看在同桌的分上,让自己尝一口海水,谁知大牛连闻都不给他闻一下,还讥讽他:"哎,你假期都有什么英雄壮举,也抖落抖落,让我沾沾光呀!"

两个苦瓜,其中一个变成了金瓜,李勇好不懊丧。提起假期,李勇立刻见人矮三分,他的父母都是下岗工人,摆了一个油炸洋芋丁的小摊,整个假期他都忙着帮父母收洋芋、洗洋芋、炸洋芋,人都差点儿成了洋芋了。唉,如今大牛成了人物,就忘了难兄难弟,也太不够朋友了!

这天，李勇放学回家，闷闷不乐地帮父母裁一堆报纸，准备用来包油炸洋芋丁。突然，他眼睛一亮，盯住了一张晚报的头条新闻，题目是：李勇拾金不昧，外商感恩不尽。说的是一个中学生拾到大量外币，主动交还外商，连姓名也没留下就走了，后经多方查证，仅知道他叫李勇，其余一概不知，希望知情者提供线索，以便表彰奖励……一看时间，正好是在暑假期间！嗨，还有一个中学生也叫李勇？同名同姓的人也太多了！李勇灵机一动，何不用这张晚报镇一镇大牛的威风？只要掌握好分寸，让大牛胡猜乱想，捅破天也跟自己没关系。

第二天早上，做课间操前，李勇把那张晚报"忘"在课桌上，扬长而去。等到课间操结束，李勇回到教室，只见同学们看着自己，不吱声，气氛异常神秘。大牛故意绷着脸，乍乍乎乎逼问："李勇，你假期做了什么好事？老实交代！"李勇知道目的已经达到，心里一阵窃喜，故意漫不经心说："吃饭，睡觉，做作业。"大牛变戏法似的举起晚报，喊道："好你个李勇，这么大的事情你一声不吭？别瞒了，报纸我都给大伙念了。我有眼无珠，怎么就没发现身边的活雷锋呢？"李勇心里发虚，幸好上课铃响了，他赶紧收回晚报，希望事情到此为止，不再扩散。

不过这一招真灵，大牛被彻底镇住了。下课后，大牛拿出那瓶海水，恭恭敬敬递到李勇面前："喝！"李勇趁机拿腔拿调："这是坐过飞机的海水，我怎么能随随便便喝？"大牛羞得面红耳赤："跟你相比，我……喝，不喝你就是看不起我！"李勇终于喝到了海水，而且想喝多少就喝多少。只是，喝过海水之后他大失所望：海水除了咸味还有一点苦涩，并没有原先想象的那么神奇，还不如自来水好喝！

目的达到了，麻烦也随之而来。李勇原以为，只要不亲口承认自己是报纸上那个李勇，问题也就不大。哪知，大牛充分发挥了他善于吹牛的才能，无中生有编造了若干细节：外商如何深受感动,重金酬谢;李勇如何高风亮节,分文不取……这样闹下去,万一真有知情者向报社提供线索,那不成了一场丑剧?

李勇越想越害怕,放学后,索性对大牛实话实说:"你别抬着嘴四处瞎嚷嚷,报纸上那个李勇不是我!"可大牛根本不听李勇解释,反而振振有词:"别谦虚啦!我还不了解你?就要毕业了,咱俩也得给大伙儿留下一点印象,不然也太默默无闻了!咱俩是一根藤上的两个苦瓜,我不帮你帮谁?"说完,扬长而去。

回到家,李勇越想越觉得大牛话中有话,坐卧不安。吃过晚饭,他急匆匆赶往大牛家,决心说清真相,承认错误。偏偏大牛不知上哪儿去了,只有大牛妈在家。他一边等大牛,一边跟大牛妈说闲话,说着说着,就提到了大牛的海南之行。大牛妈一听,眼窝就湿了,说:"这孩子,想海都快想疯了!暑假好不容易有一次机会,偏偏我这个老病号不争气,拖累了他的好事,没去成。"

李勇大吃一惊:啊,大牛这一次还是吹牛啊?

原来,暑假期间,大牛的舅舅要去海南出差,说好带大牛一起去看大海。飞机票都预订好了,谁知上飞机的头一天,妈妈心脏病突发住进医院,爸爸因工作太忙脱不开身,没办法,大牛只得忍痛放弃这次梦寐以求的机会,到病房去照料妈妈。舅舅临行前,大牛恳请他带回一瓶海水,好让他尝尝海水的滋味。后来,妈妈在医院一住就是一个多月,大牛天天送饭送水、端屎端尿,整个假期都在病房里奔忙……

大牛妈提起这事还满心内疚,说:"这孩子一身毛病,爱说大话,不讲卫生,学习不努力……就一点好,对妈有孝心!"

这时候要是大牛回来撞见,会有多尴尬?李勇不敢多坐,立刻匆匆告辞。大牛又一次吹牛撒谎,可是这一次,李勇特别能理解大牛:大牛确确实实是有机会去坐飞机、看大海的呀!为了照料妈妈,他放弃了这么难得的机会,不也同样是一种英雄行为?大牛编造故事,实际上是在描绘一个没有实现的愿望……

　　回到家,妈妈告诉李勇,大牛来过了,坐了一阵,放下一张报纸就走了。嗨,竟有这么巧的事?李勇赶紧抓起报纸看,是一张半个月前的晚报,报上说,那个拾金不昧的李勇找到了,受到有关部门的嘉奖……李勇一下呆如木鸡,半天回不过神。这么说,大牛早就看到过这张晚报,心里清清楚楚的?大牛明明知道内情,还来个以假乱真,是想让我这个默默无闻的同桌也风光风光,给同学们留下深刻的印象?不然,大牛怎么会说"咱俩是一根藤上的两个苦瓜,我不帮你帮谁"?李勇想了一夜,心里乱糟糟的,只得出一个结论:不管怎么说,大牛用心良苦,够朋友!

　　第二天一早,李勇就到了学校,只见大牛早已站在校门口等候,两人久久对视,无声中似有千言万语。很久,大牛才嗫嚅道:"我、我不该……"

　　李勇赶紧打断他:"别说了,大牛。从今天起什么也别说,永远留下一个……一个美丽的错误。我是假冒伪劣,你……至少那瓶海水是真的。"

　　没想到,大牛一语惊人:"不!海水也是假的。我舅舅给我带回很多礼物,独独没带海水,他说海水不能喝。只有瓶子是真的,里面我灌的是……盐开水。"大牛还说,一开始他没给李勇尝"海水",是不想蒙骗同桌。特别让李勇感动的是,大牛还郑重其事说:"我相信,你要是有机会拾到很多很多钱,也一定能交还失主,拾金不昧,你只是没有机会!"

　　李勇热泪盈眶,差点泪流滚滚。他伸出手去,本想像男子汉那样紧紧与大牛握手,谁知莫名其妙变成出手一拳,感叹道:"知我者,同桌也!"大牛也回敬了李勇一拳,振臂高呼:"理解万岁!"

　　两人迎着金色的朝阳走进校门,走进崭新的一天。

(吴　边)

(题图:刘斌昆)

45只信封

早晨，第一节课的预备铃响起，班主任张老师刚要离开办公室，就听到一阵急促的敲门声，她班里的学生林兰神情紧张地来向她报告："老师，我丢了100元，是爸爸打工挣来，给我缴学费的！"陪同林兰来的她的同桌刘爽也急急地说："老师，林兰只在宿舍和教室里呆过，钱肯定是被同学偷去了！"

张老师一看林兰都急得要哭出来了，赶紧安慰她不要着急，随后就和他们一起来到了教室里。张老师对全班同学说："同学们，林兰同学丢了100元钱，她妈妈有病在床，这钱是她爸爸辛辛苦苦打工挣来替她缴学费的。我知道，捡到钱的同学一定很想把钱交还失主，谁捡到钱了，请举手告诉我好吗？"

教室内顿时像炸开了锅！这个说："林兰家多困难呀，谁捡了都应该还给她。"那个说："但是这钱要是被小偷偷了,可就还不回来了!"一提小偷,大家你瞅瞅我、我瞅瞅你,教室里的气氛顿时紧张起来。

好久,没有一个人把钱拿出来。张老师环视了一下同学们,微笑着说："好吧,若是哪个同学捡到了,下课交给我也行。"然后,她就打开课本,开始上课了。

可丢钱的林兰这天上课老走神,眼看到了第三节课,还是不见有人把钱交给张老师,她见没什么希望了,又急得要哭。同桌刘爽气不过,等到一下课就马上站起来,向全班同学喊道："为什么到现在还没人把钱拿出来? 这就是偷,不是捡,捡的钱早该还了! 偷钱的人真缺德,被我发现的话,非打扁他不可。"

被她这么一喊,教室里顿时一阵骚动,可还是没人交钱。

中午,刘爽去找张老师,提议说："张老师,不如来一次全班大搜查!"

张老师先是一愣,随后蹙起眉头说："你先回去,这件事还是由老师来处理。"

下午上第一节课的时候,张老师像往常一样站在讲台上,只是手里多了一个黑兜子。她静静地扫视了一下全班同学,然后从兜子里掏出一捆信封,说："老师知道,捡到林兰100元钱的这位同学,一定急急要把钱送还给林兰,可他怕别人误认为是他偷的。怎么办呢? 老师想了一个办法:老师现在给每个同学发一只信封,然后请大家明天早上交还给老师,捡到钱的同学就可以把钱放在这只信封里,不用署名。大家听明白了吗? 我和大家一样,我们一起来做这件事情!"说完,张老师就给全班同学每人发了一只牛皮纸信封。

第二天早上,张老师到教室的时候,45 只信封已经整整齐齐地叠在讲台上了。出乎她预料的是,她一一打开后发现,里面竟有好几只信封里都装了钱! 有 100 元的,有 50 元的,有 30 元的,加在一起,总共有 500 元。

张老师笑了,提议说:"我们把其中的100元给林兰同学,其余的400元作为以后困难同学的学费补助,大家同意吗?"

"好!"同学们热烈地鼓起掌来。

林兰顿时破涕为笑,这件事到这里也就结束了。

时间过得飞快,初三第二学期末,在毕业生即将离校的前夕,张老师突然收到了一封信。她沉思良久,决定召开一次班会。班会上,张老师的神情显得有些激动:"同学们,今天的班会只有一个内容,就是给大家念一封特别的信!"张老师在全班同学面前把那封信展开,念了起来:

尊敬的张老师:

我就是去年捡到林兰100元钱的学生。那天,我在教室门口捡到钱,还没来得及交给您,就上课了,我于是就先把钱放进了自己的兜里。可是同学间马上传出话来,说林兰的钱是被人偷了,这一下,我就实在没有勇气再把钱拿出来了。后来您给我们每人发一只信封,我毫不犹豫地就把那100元钱装了进去。可虽然我把钱还了,但在以后的日子里,我的心情一直不能平静。张老师,请您相信我,您放心吧,我是一个好孩子!

张老师念完这封信,教室里一片肃静,讲台下,45双晶亮的眼睛齐崭崭地望着张老师。片刻之后,有同学站了起来,紧接着,"呼啦啦"全班同学都站了起来,不知是谁喊了一句:"老师,您放心吧,我们都是好孩子!"立刻,这句话变成了全班同学共同的誓言:"老师,您放心吧,我们都是好孩子!"

面对这样一群真挚可爱的学生,张老师欣慰地笑了……

（关成彦）

（题图:安玉民）

谁弄丢了我的考卷

　　李小鹏是个初二学生。这天,他参加完市里组织的数学统考走出考场,真想狠狠揍自己一顿,然后找个地方痛痛快快地哭一场。

　　为啥?不用说,这次他考砸了。

　　李小鹏的爸爸不久前在一次事故中去世了,突如其来的打击,让李小鹏产生了辍学打工的念头,无论妈妈怎么劝,他也不听。后来,还是新来的班主任彭老师一次次家访,苦口婆心让李小鹏回到了学校。

　　可没想刚回来,就当头挨了这一棒。

　　回到教室,李小鹏仔细回忆了一遍,发现其实这次竞赛题目并不难,都怪自己以前学得不扎实,做题的时候又粗心大意。他觉得自己真不是读书的料,不由又有了回家的念头。

　　晚自习的时候,彭老师抱着一摞已经改好了的试卷到教室里来了。别看彭老师病病歪歪的样子,教数学绝对是一把好手。

　　和往常一样,他从高分到低分依次把试卷发给同学们:"王岚,100 分;张大江,99 分……"

　　90 分以上的念完了,没有念到李小鹏的名字;80 分以上的念完了,还是没有李小鹏的名字。只剩下最后一张考卷了,李小鹏觉得自己的脸滚烫滚烫的,他低着头,像等待法官判决一样,等着彭老师叫自己的名字。

　　可是,最后那份考卷是另外一个同学的。这些考卷里,竟然没有李小鹏的。

　　彭老师发完考卷,朝同学们扫视了一眼,说:"成绩不好没有关系,可是居然有同学没有交卷,请那位没有拿到考卷的同学站起来,解释一下原因吧!"

　　什么,没交考卷?

　　李小鹏站起来,结结巴巴地辩解说:"老师,我……我交了卷子的。"

　　彭老师咳嗽了两声,把目光转向数学课代表,问:"卷子是你收的?"

　　课代表摇摇头:"不,是大家自己交到讲台上的。可只要交了就应该都在,怎么会……"

　　李小鹏急得脸涨得通红:"我真的交了。肯定是课代表不小心给我弄丢了!"

　　这时候,同学们七嘴八舌地说开了,甚至还有的幸灾乐祸:"这小子肯定怕丢脸,把考卷撕了!""瞧他那熊样,还想打肿脸充胖子!"

　　听到这些话,李小鹏简直气坏了,不服气地争辩说:"谁说我没交卷? 我绝对交了!"

看着他们各不相让的样子,彭老师连忙朝他们摆摆手,说:"这样吧,我有个提议:咱们给李小鹏一次机会,让他当着大伙儿的面重做,真英雄、假英雄,不是一下就检验出来了?"

哼,就凭他这样,再做十次也是狗熊!同学们叽叽喳喳又七嘴八舌起来。

不过,李小鹏生气归生气,还是憋着一肚子气坐在教室的最前排,重新做起考卷来。

第二天数学课上,彭老师兴冲冲地走进教室,说:"昨天晚上的考卷,李小鹏做得非常好,不简单,得了 98 分。如果按标准评奖,他该得二等奖……"

哇,这不会是在做梦吧?李小鹏脑袋晕晕乎乎的,他简直不敢相信自己的耳朵。而教室里早就炸开了锅,有的同学说他是瞎猫碰上了死耗子,有的同学说要公平竞争,当场没交卷不能参加评奖……

最后,彭老师说,同学们的意见也不是完全没有道理,为了公平起见,她给李小鹏评了一个特别优秀奖,不占大家评奖的名额。

下了课,彭老师把李小鹏叫到办公室,说:"老虎不发威,别人还以为你是只懒猫!昨天晚上你憋了一股气,潜能就发挥出来了。那张考卷我留下做样卷,先不还给你了,你没意见吧?以后是当懒猫还是当老虎,就看你自己了!"彭老师说着,轻轻拍了拍李小鹏的肩膀。

李小鹏心里热乎乎的:看来,只要发狠劲儿,我也可以发挥潜能,我也能够获奖!他从此彻底放弃了辍学的念头,就凭着这一股狠劲,在学期结束的时候,他的学习成绩上升到全班前十名。

到这一个学年结束的时候,他的成绩又上升到了年级前五名。初三毕业,他顺利考上了县里的重点高中。

可是彭老师却积劳成疾,在硬拖着病体把李小鹏他们送上高中后的那个暑假,他去世了。

得知这个噩耗,李小鹏和几个同学一起去彭老师家帮忙料理后事。

在清理彭老师遗物的时候,李小鹏竟意外地发现了两张考卷,仔细一看,天哪,其中一张不就是自己丢失的那张试卷吗?上面大部分是红叉叉,彭老师都改了,但是没有成绩;另一张是他那天晚上当堂做的,上面的成绩让李小鹏大吃一惊:只有78分。

这一瞬间,李小鹏什么都明白了,为什么彭老师当时没有把这两张考卷还给他,而且还故意给了他一个高分。

泪水模糊了他的双眼……

（美　桦）

（**题图**：魏忠善）

子报父仇

　　这天,许大愣去儿子学校开家长会,他一路上哼着小曲,胸脯也挺得老高。你别说,许大愣还真是有骄傲的资本,他的儿子许文武成绩拔尖,各方面表现都很优秀,哪次家长会不为他这个当爸的挣足了面子?

　　果然家长会上,班主任黄老师在表扬了几个同学之后,就突出重点把许文武夸赞了一番。许大愣得意地左顾右盼,巴不得每个人都知道他就是许文武的爸爸。突然,他无意中看到教室后排坐着一个四十多岁的男人,胡子拉碴,一脸愁苦,耷拉着脑袋。许大愣心里一震,差点喊起来:这不是自己的仇人王二海吗?

　　说起这个王二海,许大愣就一肚子的火。

　　当年,许大愣还在机械厂工作,迟到、早退、旷工是家常便饭，但他还不让人说，谁说跟谁抢拳头，所以同事、领导都不敢惹他。后来车间里来了个新主任，就是王二海。王二海较起真来，天王老子也不认，许大愣不服，继续三番五次地违反纪律，王二海毫不留情，向厂里汇报了几次，结果厂里按规定开除了许大愣。许大愣一下成了无业游民，连女朋友都跟他吹了，那段日子真是苦呀！后来为了混饱肚子，许大愣硬着头皮做起了服装生意，想不到就此发了，现在他自己开起了服装厂，腰包赚得鼓鼓的。不过虽然如此，许大愣每次想到王二海，都恨得牙根发痒，总想报一箭之仇，没想到今天他会在这样的场合见到王二海。

散会后，许大愣正要朝王二海走去，可班主任黄老师已经抢先一步叫住了王二海。黄老师对王二海说："你儿子王子强的问题不小啊，上课不专心，作业不肯做，这样下去很危险啊……"

黄老师这几句话，许大愣在旁边听得一清二楚，他心里那个痛快呀，甭提啦！黄老师一走，许大愣就走到王二海面前，嘲讽说："王主任，这些年看来混得不怎么样啊？"王二海尴尬地笑了笑："可不是，机械厂破产了，我和老婆都下了岗，只好去打工，没有时间管孩子，这小子学坏了，还请你儿子多多帮助他。"

回家路上，许大愣不断琢磨着要向王二海报仇的事。他想：凭我现在的身份，犯不着自己动手去修理他。他不是叫我儿子帮助他儿子吗？嘿嘿，那就让文武来替我出出这口气吧！

回到家里，许大愣对儿子许文武说："文武，爸爸交给你一项任务，好好把王子强调理调理。"许文武不明白许大愣的意思，奇怪地问："怎么个调理法？"许大愣开导说："王子强不是喜欢违反纪律吗？不是爱撒谎吗？你就整天盯着他，看他有没有违反纪律的事情，看他有没有向老师撒谎。只要有，你就向老师告状，让老师好好罚他！"

许文武更奇怪了："爸，你为什么要我这么做？你怎么知道王子强的？"许大愣于是就添油加醋地把当年王二海整他的事说了一遍。许文武听完,沉着头想了半天,同情地说:"爸,你当年还真的受欺负了。"许大愣挥舞着拳头说:"是啊,文武,你一定要替爸爸出这口气!"许文武迟疑着,点了点头。

第二天,许文武放学刚进家门,许大愣就问:"文武,今天有没有抓住王子强犯事的小辫子啊?"许文武兴奋地说:"抓住了。昨天的家庭作业,王子强有一道题没做,我告诉老师,老师让他留下来补做。看来,他不到天黑回不了家。"许大愣一听,那个高兴呀,当即犒劳了儿子一对炸鸡腿。

又过了几天,这天许文武放学回家后,对许大愣说:"爸爸,今天王子强又被老师整了。""哦?"许大愣乐呵呵地追问道,"怎么整的?"许文武说:"他测验的时候作弊,我告诉老师,老师狠狠批评了他,让他留下来重新做一遍。"许大愣拍着儿子的大脑袋说:"干得好,爸爸再奖励你一对炸鸡腿! 以后啊,你还要经常把王子强的错误告诉他爸爸,得好好刺激刺激这个老东西。"

过了几天,许大愣忍不住问许文武,有没有向王子强的爸爸告过状。许文武点点头说:"告啦! 他爸爸一听就暴跳如雷,差点揍扁了王子强。"许大愣见许文武这么听话地替他"复仇",心里实在高兴,乐得当天晚上差点喝醉了酒。

转眼,学校又开家长会了,还要求学生和家长一起参加。许大愣神气活现地带着儿子许文武来到了学校,他在一大群同学家长中又看到了王二海,不过这次王二海看上去满脸喜气洋洋,还冲许大愣点头打招呼。许大愣心里一阵冷笑:"姓王的,你现在高兴,一会儿看老师怎么点你儿子的名。哼,够你哭的!"

可没料,家长会开始了,黄老师走上讲台,却说:"按照惯例,我每次都要先表扬表现好的同学。不过这次,我要先向一位家长表示由衷的感谢,他就是许文武的爸爸许大愣同志。"许大愣一下愣住了:这是咋回事?

黄老师继续往下说:"许文武同学告诉我,上次家长会上,他爸爸了解到王子强的情况后,主动要求许文武帮助督促王子强。不光这样,他爸爸还经常检查许文武的帮扶是否到位,不断地奖励许文武,来鼓励他的积极性。在许大愣父子的帮助下,王子强同学各方面都有了明显的进步,学习成绩更是突飞猛进,这次期末考试的名次,排在全班第十位! 现在,让我们欢迎许大愣同志给大家讲几句话。"

只听"哗"教室里响起了全体家长和同学热烈的掌声,许大愣糊里糊涂地走上讲台,憋了半天,才憋出一句:"我和王二海是老同事,这么做,是应该的。"他说罢,偷眼一瞧,发现王二海咧着大嘴在朝他使劲儿鼓掌,眼睛里似乎还含着泪水;再一看儿子,许文武正调皮地望着他笑呢!

家长会一散,王二海快步走到许大愣跟前,拉着他的手说:"大愣,真的太感谢你了! 这些年来,我一直想向你说声抱歉,当年,我也有做得不够的地方,工作方法太简单、太莽撞,伤害了你。我这声抱歉一直没有机会说,今天,请你接受我的歉意。"

许大愣的心突然就热乎起来,说:"二海,现在我也是个当老板的人了,如果遇上像当年我那样不守纪律的员工,我也会毫不犹豫地炒了他。你没有做错,该道歉的是我。如果你不嫌屈才,就到我厂里来做个主管吧! 说实话,厂里还真需要像你这样敢说敢管的人哪!"

回家路上,许文武搂着许大愣的肩膀说:"爸,其实,在你交给我复仇任务的时候,我就决定用这个机会帮助王子强了。你看,当年王叔叔严格要求你并没有错,就像现在我们严格要求王子强一样。爸,你说我说得对不对?"

许大愣转过头,看了看儿子,认真地说:"你给爸爸上了一课。儿子,你长大了!"

（杨　格）

（**题图:**安玉民）

一封家信

周末上午第二节课下课不久,一个被人称为"小广播"的女同学,手里挥着一封皱巴巴的信,大声向同学们喊道:"喂,娃子,谁叫娃子?信,一定是家信,快来拿去。"

她的话音一落,那些城里同学都笑了,有的还说:"哈哈,娃子,这名字多富有诗意,蕴含着浓厚的泥土气,一定来自农村。哎,谁是娃子先生,快来拿信呀!"

此时,来自农村的同学,一个个都昂起头,远远地望着小广播手中的那封信,但却没一个人上去接。

在乡下,许多男孩都被父母叫做"娃子",虽然这不是名字,而是爱称,有的甚至成年后还被父母这么叫着,但谁也没觉着别扭。可现在不是在农村,而是在大学的教室里,所以那些曾经被叫过"娃子"的同学,突然就都觉得难为情起来。于是,这封信在一些同学的嬉笑声中传来传去,最后落在了讲台上,还是没有人上去拿。

离讲台很近的座位上,坐着一个瘦瘦的小伙子,他早就注意那封信了,但又没勇气公开承认自己就是娃子,所以装作若无其事的样子,只顾看书,心里却盼望同学们快点离去,好悄悄将这封信拿了来。他左等右等,好容易等到教室里只剩他一个人时,便冲上讲台,抓过那封信,急不可待地拆开。

只见信上写道:"娃子,今年咱这里大旱,大伙只好到水库里挑水浇玉米。你爹挑水时跌了一跤,腿摔断了,大伙把他送去了医院。你妹不去读书了,在家绣花挣些钱,给你爹治病,也好让你上完大学。你妹不让告诉你,只好我给你写信。你读了信也不用着急,不用担心,没事,安心读书就是。母亲。"

瘦小伙读着读着,就泪流满面了,他趴在桌子上哭了好一阵,最后决定,下午回家看看。可是,当他擦干眼泪收起书,再拿起那封信时,才发现信封上没写寄信人的地址。是不是班里还有另外的"娃子",他要是看不到这封家信,岂不误事吗?他连忙把信又放回到讲桌上,但仍然决定回家看看。

真是谢天谢地,他家里平安无事,父亲日夜忙于抗旱,妹妹还在上学,早出晚归,妈妈也里里外外忙个不停。这使他的心放下了,只字没提那封信的事,第二天就匆匆赶回了学校。

到了学校他才知道,全班共有 11 个男同学回了家,其中有一个过了一星期才回学校。

(作者:孙法朋;讲述者:吴文昶)

(**题图**:魏忠善)

青 春 足 迹

青春时代的魔力是美好的,异想天开给生活增加了一分不平凡的色彩。年轻人热情的心呵,像风中船上的帆一样激荡。

大腿上的伤痕

　　玲子很早就失去了妈妈,是爸爸迟德把她拉扯大的。迟德在社区的弄堂口摆了个小报摊,一个月赚不了俩钱。日子虽然过得很苦,可迟德心里有个愿望,那就是盼玲子往后能有出息。

　　可是,玲子很使迟德失望,她任性贪玩,做爸的知道玲子脑子并不笨,可就是心思不全用在学习上。有时候他真想狠狠地揍玲子一顿,可想到女儿跟着自己没亨过福,心一酸手就软了。眼下中考就要临近了,迟德心急如焚。

　　这天早上,已经七点多了,玲子还没有起床,迟德去敲玲子的房门,里面没有动静,于是他一边喊"玲子该上学啦",一边就撞开房门闯了进去。只见女儿此时穿着个短裤俯卧在床上,课本不知什么时候已掉在地上。迟德走过去拾了起来,就在他抬头的一刹那,他惊讶地发现,玲子大腿上青一块、紫一块的。这个孩子怎么弄的?迟德心里又惊又疑。他轻轻退出房间,把门重新带上,然后使劲地擂门,玲子这才大梦初醒,一骨碌爬起来,慌慌张张地吃了早饭,就上学去了。

玲子一走,迟德左思右想心里不放心,他怕女儿出事,于是中午来到校门口,想来摸底探个究竟,看看玲子下课后到底与什么人在一起。

不一会儿,下课铃响了,同学们蜂拥而出,只见玲子跟一个瘦高个女同学走了出来。迟德一眼就认出来了,那瘦高个叫谢力,打小就和玲子是好伙伴,迟德这才松了口气。他正要走,就在这时,一阵疾风吹过,撩起了两个女孩子的裙子,她俩本能地伸手去捂住,可迟德看得清清楚楚,谢力的大腿上青一块、紫一块的,竟然也有好几处伤痕!

这一下迟德的心又提了起来:她们大腿上的伤痕是哪来的?给车撞的?不像;上体育课时碰的?也不像。突然,他心里猛一抖,就在前天的一份法制报上,报道过一个少女误入邪教组织,被抛尸荒野,法医在验尸时发现她大腿根处有几个针刺的伤痕,莫非玲子她们……他简直不敢往下想,脑子"嗡嗡"作响,也不知道自己是怎么走回家的。

这天很晚,玲子才拖着疲倦的身子回来。一见女儿跨进门,迟德就忙从女儿的肩上卸下书包,把她拉到饭桌上。吃饭时,迟德压低声音试探地问:"玲子,你有啥事就告诉爸爸,爸爸虽没有啥本事,可爸决不会让你受到人家的伤害。"玲子口里嚼着菜,似懂非懂地说:"爸,你不是希望女儿考学嘛,除了这个,你该问的问,不该问的就不要多问,算我求你了。"说完,玲子生怕爸还问什么,一转身就要回自己的房里去。

这下迟德像是绝望了似的,一口气猛灌了好几杯酒,红着眼睛说:"玲子,你过来,你给我说说你大腿上的伤痕是哪来的?"玲子转过身,站在门口喃喃道:"爸,你就原谅我吧,我不能告诉你。"迟德一听就上了火:"我当然能原谅你,可你自己能原谅自己吗?"说着,他扔过来一张报纸,说:"你自己看看吧。"玲子拿起一看,那上面是关于少女误入邪教被害的报道,她越看脸越白,掩面大哭了好一阵儿,才镇定地说:"爸,如果女儿真像你想像的那么坏,你怎么办?"

迟德拼着酒劲,把一瓶安眠药往桌上一掼,狠狠地说:"那你就去死吧,就算我白疼你一场。"玲子一听,转身就回了屋,"咔嚓"一声上了锁。迟德上去敲门,可不论他怎么敲,玲子说什么也不开。迟德拎过一把斧头,对房间里的玲子说道:"你不开,我可砸门了!"里面还是没有动静。迟德这时才像从梦中醒来一样,扔了斧头,一脚把门给踹开了。

可是此时,屋里空荡荡的,玲子早从窗子里逃走了。桌上还放着一张便条,上面写着:爸,你不用找我,我什么事也没有,你要相信你的女儿!

迟德这一夜愣是没睡踏实,他心想:再过两天,就要中考了,倘若女儿真的出了事,那他做父亲的,怎么有脸去见她母亲?

第二天一早他赶往学校,让他欣慰的是女儿还是正常上了学,玲子和同学们有说有笑的,情绪还算稳定。而且他还打探到,女儿就住在谢力家。为了不再节外生枝,他也就没去找玲子,中考那天,他在考场外偷偷地看着玲子走进考场。

一个星期后,中考结束了;一个月后,张榜了。迟德见校门口张贴着红榜,便赶去,看到玲子居然在榜上排在第三位:迟玲子,省电力经济学校。

这可把迟德乐坏了,他赶忙回家做了一桌子菜,然后直接来到谢力家。可谢力妈告诉他说,玲子和谢力上街买东西去了,迟德只好悻悻而归。

回到家,他发现桌子上有个礼品盒,盒底压着一封信,他把信打开,上面这样写着:

爸爸,你受苦了。你对女儿的苦心,做女儿的全明白。你对女儿的希望太大了,女儿害怕辜负你,所以有时候故意让你失望,好让你的期望值降低一点。但女儿无时不在提醒自己,一定要为老爸争口气。至于我腿上的伤痕,如果我没考上学校的话,我是死也不会告诉你的。

我和谢力是一对苦孩子,我没妈妈,她没爸爸,我们俩曾立下军令状,在中考前的每次模拟考中,我俩谁落在后面,谁就得挨掐。我先掐谢力,谢力赶上了我,就更狠地掐我。就这样,我们越掐越狠,两人对掐了一次又一次。爸,我好疼啊,可我只能在睡觉时偷偷地哭,在同学们面前我却装得若无其事。现在谢力也告诉我,她也是挨掐一次,偷哭一次。发榜那天,我俩面对还没有恢复的伤痕,真是百感交集。

问题就这么简单。爸,我知道你给我准备了饭菜,恕女儿不能陪你吃饭了。我得去谢力家,因为我已答应谢力了。我用平时积攒下来的一点钱,给你买了几盒胃药。现在女儿只有这个能耐。祝老爸身体健康!

迟德看完,眼眶潮湿了,他暗骂自己:"唉,我真混! 真不该给孩子背那么重的负担啊!"

(刘京春)

(题图:魏忠善)

小新

闯

世

界

　　小新跟爸爸吵架了,爸爸一气之下,说了句很伤他自尊的话:"你除了犟嘴,还有啥能耐？一分钱挣不到,学习还不长进。"结果当天晚上,小新就出走了。临走之前,他豪迈地给爸爸留下一张纸条:我去闯世界了,等赚了钱再回来。

　　小新刚上初三,这是他第一次单独出门,身上只有平时攒下的压岁钱,花 253 元买了一张去广州的火车票后,还剩下不到200 元,这就是他的全部家当了。他不知道怎么去赚钱,但既然打工的都喜欢去南方,那里机会一定多。

　　列车启动了,周围旅客很快都昏昏入睡,可小新睡不着。坐在小新斜对面的一个中年人看小新没睡,就走过来跟他搭话,聊了一会儿,中年人返身从自己包里掏出两瓶饮料,"啪"打开,递给小新一瓶。

说实话,小新早渴了。可他常看电视,知道现在社会上骗子多,他害怕那人在饮料里下了药,就摆手说自己不渴。中年人看看小新,一仰脖,"咕咚咕咚"朝自己嘴巴里猛灌了几口,然后对小新说:"小伙子,要是不嫌脏,就喝我喝过的这瓶吧。"

小新的脸"刷"一下红了,他觉得自己真有点以小人之心度君子之腹,人家都亲口尝过了,还能有事么?再说,自己既不是大姑娘,也不是两三岁的小孩,身上又没几个钱,人家拐卖自己干啥?于是他不好意思地说了声"谢谢",接过那瓶饮料,将它喝了个底朝天。

中年人点了一根烟,继续跟小新东拉西扯,可小新却开始觉得脑子迷迷糊糊起来,眼皮越来越沉,一会儿便什么也不清楚了。小新当然不知道,其实中年人刚才给他的饮料里确实加了迷药,不过中年人因为在吸的烟里放了解药,所以他喝下去的饮料里的毒性,一抽烟就被解掉了。

也不知过了多久,小新总算清醒过来,发现自己躺在一间墙壁黑黑的房子里,头疼得厉害,嗓子像着了火似的。他侧头张望,发现门槛上坐着一个50岁上下的汉子,但不是火车上和他闲聊的那个中年人。小新的心"忽"一下就沉下去了:不用说,自己还是中招了。他一摸兜里,那200元都不到的钱,现在一分都没有了。

他们为什么要绑架自己呢?这儿又是什么地方?小新心里猜测着。

这时,门口那汉子说话了,一口南方普通话,声音冷冷的:"醒了?"

小新心里七上八下的,点点头,坐起来,怯生生问了一句:"大叔,您是哪位啊?这儿是什么地方?"

那汉子说:"我姓胡,人家都叫我'胡爷'。至于这个地方嘛,属湖北地界。"

胡爷干咳一声,问小新:"你知道自己为什么会到这里来的吗?"

小新摇摇头。

胡爷告诉他,他是在村外小路上碰到他的,当时他被一个中年人架着。胡爷见小新走路神情恍惚的样子,觉得不对劲,就上前盘问,那中年人见势不妙,扔下小新就跑。胡爷本想去追,可见小新倒在地上,怕他有意外,所以就把他背了回来。

小新连连向胡爷道谢,可胡爷却面无表情,眼皮儿也不抬。胡爷问小新家在哪里,怎么会上了坏人的当,小新就把自己出走的来龙去脉原原本本告诉了胡爷。

胡爷听完,一摆手说:"闯世界可不像你想的那么简单,什么事儿都可能发生,什么人都可能遇到。不是我吓唬呢,那人绑架你,很可能就是看中你身上的器官,割了卖钱。我劝你还是回家吧!"

小新一听,吓出一身冷汗。可自己出来还不到两天,大话也甩了,就这样回去,岂不是向爸爸投降认输? 不行! 说什么也不能回去。小新把脖子一梗,对胡爷说:"吃一堑,长一智,这样的事下次绝不会再出现了。不赚到钱,我绝不回去!"

胡爷眯着眼打量了他片刻,突然哈哈大笑道:"好,好,像个男子汉。不过,要赚钱就得有胆量,你怕不怕死?"

这个胡爷,说话怎么像黑帮老大似的? 小新突然觉得后脊背发凉,但他表面上还硬充好汉,用力摇摇头。

胡爷说:"那好。我现在可以实话告诉你,我是'奔利帮'湖北总舵主,只要你跟着我,我保证你能赚到钱。怎么样,有胆量吗?"

小新听胡爷这么说,不由毛骨悚然:这个老家伙,原来真是黑帮老大! 看来他救自己是有目的的。算了,自己的小命现在捏在人家手里,将计就计吧,看他到底想干什么。小新稳了稳自己慌乱的情绪,装作豪气十足的样子说:"我才不怕呢!胡爷,我就跟你了!"这话连他自己听着都觉得别扭,像念台词似的。

胡爷点点头:"好!不过为了考验你,你必须为我做一件事。我手头正好有一批货,要马上送到河南总舵主手里,这可是个掉脑袋的活儿,你敢干吗?"说完,他眼睛紧盯着小新。

小新心里犯起了嘀咕:什么货呢?听他口气,莫非是毒品?万一真是这玩意儿,只要自己做过一回,就再也脱不了干系了。小新想找借口溜人,可一碰上胡爷眼睛里那两道寒光,他心里就敲起了边鼓:不做是死;做了,说不定还有一线生机,到时瞅准机会报告公安局,将他们一网打尽,岂不立了一功?他于是一咬牙:"我做!"

胡爷一拍大腿叫道:"好!有志气!现在你先好好休息一下,养精蓄锐,今天晚上就动身。不过,你要是跟我要心眼儿的话,你爸妈的性命可就玩完了,到时我一个电话,我的兄弟们就会杀上门去!"

小新心里一个"咯噔",暗叫糟糕:只怪自己起初太相信他了,一股脑儿地把家里的情况都告诉了他。现在可好,成人家挡箭牌了!唉,现在后悔也晚了,只能走一步看一步了。

胡爷让小新晚上出发,还特意派了一个胖子监视小新。他要小新送的货是一只包了好几层的大编织袋,鼓鼓囊囊的,至少也有50公斤重,看起来像一袋地瓜。对小新来说,要背这么重的袋子根本不可能,幸亏那个胖子身强力壮,承担了大部分的重量,两人抬着,虽然吃力,总还挪得动。胡爷给他们买了当晚去河南的长途客车票,再三告诫小新:"千万看好袋子,要出了差错,将会受到最严厉的帮规处罚。"

这一路上,胖子始终盯着小新,就连上厕所也不放过,小新别说报案,就连给其他旅客传话的机会都没有。两个人倒了两回客车,才到了交货的那个小城,胖子先把货安顿好,然后带着小新一起来到接头地点,那是一家普通旅馆,按约定,接货人住在312房间。小新心情糟透了:这批货要真交易完成,自己不就成了事实上的帮凶?还闯什么世界!唉,自己迟早是要进监狱了……想到这里,小新又伤心又懊恼,都快要哭出来了。

这时,两人已经走到了312房间门口,胖子敲开房门一步跨了进去,小新还在门口磨磨蹭蹭,忽然,他听见一个熟悉的声音在叫自己:"小新!"他一抬头,愣住了,简直不敢相信自己的眼睛!原来叫他的竟然是他的爸爸妈妈,他们一脸憔悴,风尘仆仆的样子,好像也是刚刚才赶到。妈妈扑过来紧紧地搂着他,"呜呜"直哭。

小新糊涂了:这是怎么回事?爸爸妈妈怎么会来这里?

只见爸爸紧握着胖子的手,连连说:"谢谢!谢谢!谢谢你们!要不是你们及时跟我联系,我们真要急死了!"

胖子也连连回说:"不用客气,不用客气!你们这孩子挺能吃苦,一点儿也不像城里娃。这么一大袋板栗,足足50公斤呢,要不是他帮忙,我一个人根本没法拿过来。"

见小新还在发愣,胖子笑呵呵地拍拍他的肩,说:"傻孩子,别再想什么'奔利帮'了,胡爷是我爹,我是他儿子,我们承包了几十亩园子,我们那地儿种的板栗可是世界闻名呢!前几天,河南这里有个老客户急着要50公斤板栗,托运得七八天,正发愁呢,结果遇到了你,偏偏你又不愿意回去,我爹好开玩笑,平时又爱看武侠小说,就瞎编了个什么'奔利帮',骗你做了一回小工,又通知你爸妈来这里接头。这一路上你表现真不错,喏,这30元钱,是你该得的工资!"胖子说着,从口袋里掏出钱来,塞进小新手里。

小新接过钱,咧咧嘴想笑,可是看看爸爸那胡子拉碴的脸,妈妈那深陷进去的眼窝,他的眼圈忍不住红了……

(武爱民)

(题图:谢　颖)

沙漠里走来的骆驼

　　有个孩子叫小银,初中毕业后因为家庭贫困辍学了。不过小银挺有志气,失学后租了一头骆驼,每天跟着村里的二爹到离村二十多里外的滑沙场去,那里是个旅游景点,小银给要滑沙的旅客拉骆驼,挣钱攒学费。

　　这天傍晚,小银把最后一个游客送上山顶,扶着他坐上滑沙板后,就拉着骆驼下坡回家。走着走着,他突然觉得身后响起了脚步声,回头一看,只见两个陌生人大步撵上来,一个拉碴胡子,一个鬈毛头发。拉碴胡子的那个走上来问他:"小孩,看没看见一头骆驼?比你的这头大,单峰的。"小银摇了摇头,那两人便又大步流星地往前走了。

　　就在那两人渐渐走远去后,小银猛地觉得身后又响起了异

样的声响，回头一看，自己骆驼身后，竟然跟了一头骆驼，皮毛凌
乱，疲惫不堪，背上的驼峰软塌塌的，是匹单峰驼。小银立刻想
起刚才那两个找骆驼的人，可是他们早已不见人影了。小银估
计这可能是一头走失的跑运输的骆驼，一时找不到它的主人，
没办法，只得先把它拉回家。

可是，小银刚把单峰驼拉进自家院门，只听见"哗啦"一声
响，就像是塌了一座山，他回头一看，单峰驼竟软倒在了地上，小
银赶紧让娘帮着自己给它饮水喂料。沙漠里最金贵的是水，为
了照料这头单峰驼，小银天天去几里地外担来水，给它擦洗皮
毛，喂它好吃的。就这样，单峰驼的元气一天天恢复过来，小银
就每天带着它和自己租来的那头骆驼一起上景点拉客，一干就
是将近三个月，眼看着就要挣够了自己上高中的学费，小银心里
很开心。

像往日一样，这天傍晚，小银到家后把单峰驼系在院里的大
树下，自己进屋喝了几口水。可谁知出来时，他发现单峰驼不见
了，赶紧出门找，一直找到天黑，也没见影。娘劝小银说："那骆
驼本来就不是咱家的，它是恋着老主人，去找驼队了。再说它也
帮你挣了不少学费，就让它走吧，人不能太贪心呀！"小银对娘
说："娘，我可不是想占着它，只是想给它吃点好的，喝足水，它这
一走，不知要走多久的路呢！"小银说着，眼眶已经湿湿的了。

转眼到了沙地刮大风的季节，滑沙场的游客少了，小银便瞅
空去拾胡柳枝。这天，他一路走一路捡，来到离村三十多里的西
蛤蚌时，天边一阵黑，紧接着就刮起了大风，沙尘滚滚，漫天飞
扬，在这混混沌沌之间，小银无意间看到远方有一团影子在晃
动，看那身影，像是一头骆驼。

小银心里一动，连忙顶着风沙追过去，走近了一看，果然是
那头多日不见的单峰驼，正趴在一个沙包上，那里还长着一棵高
大的胡柳树。小银惊喜极了，他奔到单峰驼身边，亲它，拉它，想

把它拉下沙包去避风,可无论怎么拉,那单峰驼就是趴在沙包上不动。眼看风沙越来越猛,小银急了,正要使出全身力气再去拉它,突然一阵更猛烈的风沙刮来,干脆把他和单峰驼一起刮下沙包,刮到了一个沙坑里。小银被刮得晕头转向,揉揉眼睛,还没来得及从地上爬起来,就见那单峰驼却挺立起来,迎着风沙又上了沙包,趴到了那棵胡柳下的沙包上。

就在这时,小银听到风沙中传来一阵说话声:"我估计没错吧,看,沙包上趴着的不就是它吗!""不错,太好了! 找到它,我们的事就好办了。"随后,就有两个人走过来。走近了,小银一看,觉得有点面熟,再一想,不就是几个月前碰到过的那两个找骆驼的人吗? 一个拉碴胡子,一个鬈毛头发。对了,他们那天不就是在找单峰驼吗? 看来他们就是单峰驼的主人了。

小银正猜想着,那头趴在沙包上的单峰驼看到这两个人却"霍"地站起,一声嘶鸣,疯了似的朝他们扑过去。鬈毛头发慌了神,直嚷着:"这畜生疯了!"可是说话间,单峰驼已经像一堵高大的墙把鬈毛头发压倒在地上,暴跳如雷地扬起盆大的蹄子就往他身上踩。鬈毛头发吓得大叫起来:"不是我……不是我杀的!"

躲在一旁的拉碴胡子早已眼露凶光,这时候,他从腰里拔出一把刀,冷不丁冲上去,往单峰驼身上猛扎了好几刀,只见单峰驼身子晃了晃,一下就跪倒在了沙地上。鬈毛头发趁机爬起来,从后腰抽出一把工兵锹,冲着拉碴胡子嚷道:"快挖,就在这畜生刚才趴的地方。"

两个人于是就在沙包上挖了起来,可是差不多挖了将近半人深了,却什么也没挖出来。倒是那头倒在一旁的单峰驼好像急了,它挣扎着站起来,摇摇晃晃地走了十几米,又到另一个沙包上趴了下来。鬈毛头发一看,迟疑地对拉碴胡子说:"你看,这畜生换地方了。"

两人嘀咕了几句,吃不准单峰驼是什么意思,想了想,就走过来把单峰驼赶走，在这个沙包上继续挖起来。可没料过了一会儿，单峰驼又站起来，摇摇晃晃地又走到一个新沙包上去趴了下来。这一来，拉碴胡子恼了："这畜生和我们玩捉迷藏？"他怒气冲冲地跑上去，举起手里的刀子就要朝单峰驼捅下去。

小银一看单峰驼要没命了，急得赶紧从沙坑里跳出来，大喊着："这么大的风沙天，你们找什么呀！"拉碴胡子和鬃毛头发发现冷不防走出个人来，吓了一跳。拉碴胡子反问道："这大风天，你来这里干什么？"小银说："我来找我的骆驼。"鬃毛头发一听，急得拉住单峰驼的缰绳说："这骆驼是我们的，是我们驼队走失的。"

小银蹲下身，爱怜地抚摸着单峰驼身上鲜血淋漓的伤口，说："既然你们是它的主人，为什么还要这么狠心地伤害它呢？"鬃毛头发指着拉碴胡子说："他喝醉酒了……这样吧，这骆驼就送给你了，你给它治好伤，以后还能帮你家干活，快走吧！"

显然，这两人是想让小银带着单峰驼赶快离开这里，不要妨碍他们的行动，可奇怪的是，这骆驼像是通了灵性似的，就是犟着不走。鬃毛头发向拉碴胡子使了个眼色，两人突然就转过头来把小银五花大绑绑了起来，随后他们又把单峰驼死死地系在胡柳树的树身上。

干完这一切，鬃毛头发喘着粗气对拉碴胡子说："依我看，我们得挖这树下的沙包，这畜生最先是趴在这里的。嘿嘿，这畜生的脑子也真够使的，居然给我们摆迷魂阵。"拉碴胡子应道："好，挖就挖！"于是，两人又开始在这个沙包上挖起来。

半个小时以后，沙包已经变成了沙坑，拉碴胡子突然惊叫起来："快看，这是什么？"只见沙坑里好像隐着什么东西，他们挖出来一看，是一具小骆驼的骨骸，骨骸上已经长出了胡柳的根。两个人赶紧三刨两刨，从小骆驼的骨骸旁挖出一个黑色的小箱子，他们欣喜若狂地将箱子捧出坑外。

这时候,单峰驼突然显得狂躁不已,它无法挣脱缰绳,只能仰天嘶鸣,声音是那样凄厉,那样惊心!

就在这时候,从远处的风沙中冲出十多头骆驼,那是二爹和小银的娘领着村里的驼队寻找小银来了!村里的人将鬈毛头发和拉碴胡子团团围住,二爹赶紧替小银松了绑。大家听小银把事情经过说了一遍,二爹看了看那头单峰驼,望了望沙坑里小骆驼的骨骸,又瞧了瞧那只满是沙土的黑色的小箱子,说:"我知道那箱子里是什么了,打开!"

鬈毛头发挣扎着要扑过来:"这箱子是我的呀!"尽管他又跳又叫,可都无济于事,二爹让同来的两个小伙子死死按住了他。

小箱子"啪"地被打开了,里面是一包包白色的粉末,码得齐齐的,大家一看就能猜到,那是毒品!二爹告诉小银:骆驼有天性,失去孩子的母骆驼无论走多远,无论地形怎么变化,无论隔多少时间,只要回到原地,它都会找到小骆驼。毒贩就是利用了母骆驼的这种天性,在藏匿毒品的同时埋下一头宰杀的幼驼,这样,就能利用母骆驼找到毒品。

小银这才明白,刚才母骆驼为什么死死趴在那个沙包上,后来那两个家伙来了之后,又为什么和他们"玩"起了捉迷藏的游戏,它是不想让他们找到自己的孩子呀!

小银发现,不知啥时候,那头单峰驼已经咽了气。他满含着泪水,在那棵胡柳树下挖了一个很大的沙坑,把单峰驼和那头小骆驼的骨骸,埋在了一起……

(古京雨)

(题图:张　恢)

上孤山

　　早饭后,韩力见爸爸走了,他就打上裹腿,拿上镰刀,怀里揣上两个饼子和一个小尖铲,出发了。他跟妈妈说是去打柴,其实他是要上孤山。

　　韩力的爸爸是采山神手,屯里人每年秋天都采山,但大多数只能采点药材和山果,很少有人能采到人参。但韩力的爸爸却每年都能采回一两棵山参,所以屯里人都称他是神手。韩力知道,爸爸的"神"主要是能上孤山。

　　孤山北边临江,东、南、西三面被一片深不见底的沼泽包围着,沼泽里漂着密密的"滩头",滩头上长满了荒草,蜂飞蝶舞,远远望去,那一大片沼泽完全成了一马平川的陆地,其实这里却是暗伏杀机,不要说是人,就是一只敏捷的豹子跑进去,也蹦不过几个滩头,很快就会被陷入沼泽。所以,屯里人虽然都估计孤山上山土潮润,人迹罕至,很可能长着人参,但谁也过不了那一大片沼泽,只能望山兴叹。

韩力是在偶然的一个机会里得知爸爸是如何过沼泽地的。那天晚上,他正在小屋里做作业,爸爸在大屋里喝酒,几杯下肚后心情高兴,便跟妈妈炫耀他独创的过沼泽、上孤山的招法,他听了个一清二楚。爸爸说过之后大概又后悔了,一再叮嘱妈妈,千万不要把这招法说出去。

韩力知道爸爸一直把孤山看成是他自己的,但今天韩力不得不要侵犯爸爸的"领地",因为他和最要好的同学王焕今年一同考上了县重点高中,可接到通知的第二天,王焕的爸爸病逝了,现在眼看快开学,可王焕家还欠着外债,王焕说他没钱再上高中了。韩力不愿让王焕失学,但又没办法帮他,想了好几天,决定自己偷着上孤山试试,如果能采到一棵人参,王焕就能上学了。

临近中午时,韩力来到了沼泽边,举目一望,荒草连着孤山。这些荒草都长在一个个大大小小的滩头上,再仔细一瞅,滩头上的草不是一种颜色,有的嫩黄,有的墨绿。那嫩黄的,说明滩头土层薄,缺养分;那墨绿的,土层厚,养分足。过沼泽时应该拣墨绿色的滩头踩,那种滩头土层厚,浮力大,踩着它时不会一下子沉下去。手里应该再提一根长竿子,如果遇上两个滩头离得较远,就可以用竿子搭个"桥",踩过去后再提着走……这些都是爸爸说的过沼泽的招法。

韩力砍了一根长竿子提在手里,选择好了路线,开始过沼泽。走着走着,韩力越来越紧张了,还没到中间,心就慌了起来。原来这些软软的滩头,踩上去就像踩在一块漂在水中的木头上,左右摇晃得厉害,韩力想停下脚步静一静心,不料脚下的滩头已经沉进了水里,"咕咕"直冒黑水泡,眨眼工夫身子就陷没了,只露着一个脑袋！多亏韩力还有点"吉人天相",他手里的长竿子搭在两个厚滩头上,他抓住竿子使尽力气爬了出来,又赶紧跳到另一个墨绿色的滩头上,几经挣扎,才算到了孤山边上。他脸色煞白,冷汗直冒:真是好险啊！

韩力到了孤山上,开始寻找人参。这时他才感到,要想采到一棵人参实在是太难了,偌大一座山上,树木葱茏,绿草如茵,谁知道人参会藏在哪里？他瞪着大眼睛搜寻了好长时间,也没见着人参的影。忽然,他听到前边传来了"扑沓扑沓"的声音,侧耳细听,竟然是脚步声,他急忙避在一棵大树后,伸出头一瞅,结果使他目瞪口呆:走过来的原来是爸爸和王焕！

呀,爸爸怎么会跟王焕一块出现在孤山上？这时,他听见爸爸边走边跟王焕说:"从今以后,这个孤山就交给你了。今天采了一棵,有它你上学就不用愁了,以后每年暑假你来采一棵,就能把高中念完。要是考上大学,我还会帮你。你和韩力是我们山屯的骄傲,希望你们都能考上大学⋯⋯"

啊,原来爸爸也是在帮助王焕！可为什么他要亲自领着王焕上孤山？

韩力从树后闪身跳出来,欢快地叫道:"爸爸,王焕!"王焕闻声惊喜地扑上来,喜滋滋地和韩力抱在一起,而爸爸却惊诧得张大了嘴:"你⋯⋯你怎么上孤山来了？"韩力一一招供,爸爸听了叹口气说:"你很聪明,但也很天真。你以为采人参像到园子里拔大葱？爸在这孤山上溜达了十几年,也仅仅发现了几棵,只不过我每年只采一棵大的,让小的在这长着。"韩力说:"这好像是爸爸的绿色银行⋯⋯"爸爸笑道:"有那么点银行的意思,不过现在交给王焕了。记着,这事一定要保密!"

天快黑了,三个人出了沼泽往回走,快到屯边时,爸爸对王焕说:"你从西边道上回家吧,我们从东边道上走。记住,有人问你人参哪来的,你就说上山撞大运撞上的。"

　　眼望着王焕往西渐渐走远,韩力问爸爸:"爸,你既然要帮助王焕,何必这么偷偷摸摸? 你自己去采来人参,正大光明地资助他,不是还能落个好名声吗?"爸爸眼一瞪说:"你懂什么? 王焕妈是寡妇,人言可畏呀,这事你千万不要告诉你妈!"韩力明白了,爸爸是怕引起风言风语,更怕那流言蜚语传到妈妈耳朵里。他觉得爸爸很棒,但似乎也活得有点累。

　　不幸的是,韩力爸爸担心的事还是发生了。

　　当天晚上,王焕妈拿着那棵人参来到韩力家,对韩力爸说:"你咋把这么贵重的东西给我们了? 你家也有要上高中的孩子,我们不能再拖累你……"王焕妈撂下人参走了,韩力妈却跟韩力爸吵了起来,说他没忘旧情,原来当年韩力爸和王焕妈好过,后来王焕妈家里不同意才分了手。那都是过去的事了,韩力爸不愿再提,此刻,看着妻子的涟涟泪眼,韩力爸说:"我不是为了她,是为了王焕那孩子。咱山屯里只有两个考上县重点高中的,难道咱能眼睁睁地看着其中一个上不了学?"

　　韩力很生王焕的气,爸爸一再嘱咐他要保密,他咋还是说出来了呢? 他找到王焕,王焕说:"我觉得我不能跟妈妈说谎,谁知他们大人会这样!"

　　韩力说:"现在解决的办法只有靠咱自己了,明天咱俩再上孤山!"

　　王焕直点头,眼眶里满是闪闪的泪花……

(杨学利)

(题图:刘斌昆)

逃学的下午

　　这天下午,高一学生王红和李翠逃学了。走在街上,两人心情特别紧张,害怕遇到熟人或老师,于是,她们决定:买上一些零食,去春意盎然的蝴蝶湖畔度过一个美好的下午。

　　十分钟后,两人就各自骑着一辆自行车,车上载满橘子、香蕉、瓜子……向蝴蝶湖急驶而去。一路上,王红向李翠诉苦,说老师、家长管得那么紧,她脑子都快爆炸了……

　　正说着,王红无意间发现后面有人在暗中跟踪,她心里一阵紧张,悄悄告诉了李翠,又低声埋怨道:"跟你在一起就没有一次太平无事!"王红这么说,是因为李翠长得太美,有"校花"之称,被人跟踪和纠缠是常事。

　　这时,李翠交代王红:"加快速度,他就不追了。"

没想到今天这位跟踪者紧追不放,她们跑得快,他也追得快。就这样,王红和李翠把车子骑得飞快,只听到耳边的风声"呼呼"作响。

李翠偷偷回头一瞧,那人还在追,看不清模样,但绝对是陌生人,不是以前"追"过她的任何一个,她心里不免有点紧张。

王红又低声发出了警报:"五大三粗的一个男人!"

李翠一听更紧张了,心口"怦怦"直跳,冷汗也冒了出来,想再回头看看,不提防自行车撞到一棵树上,连车带人摔在地上。

王红赶紧一个急刹车,伸手去扶她。这样一来,后面的男人趁机赶了上来……

王红壮了壮胆,把眼一瞪:"我们是武校的,有本事较量较量!"

没想到那男人真的怕了:"算啦,我不要了,为两元瓜子钱,不值。"

两个女孩这才想起:刚才在街上怕遇见老师,像做贼一样,只想买了东西快走,竟忘了给人家瓜子钱啦!

王红连忙掏了两块钱递过去:"对不起,我们以为……"

那人有点不好意思地接过钱,说:"不是我吝啬,小本生意,难哪!儿子上初三了,总得尽到父母的责任……多给他买一份学习资料,就多一份升学的希望呀!"

卖瓜子的人走了,王红还愣在那儿,一会儿,她瞟了李翠一眼,说:"他儿子……也许也在逃学呢!"

说完,两人全都笑了,银铃般的笑声中,她俩掉转车头,向学校方向驶去……

(孙　静)

(**题图**:李　加)

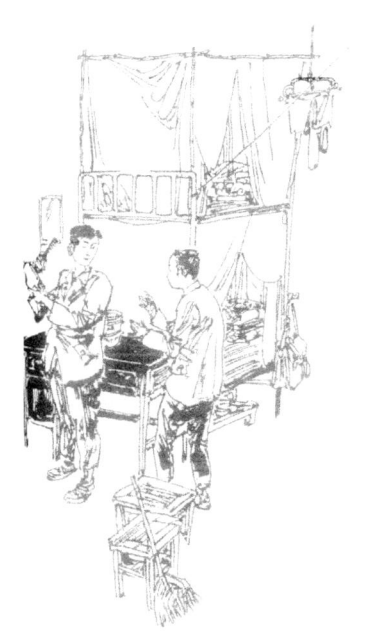

有话早早说

新风中学高一有个叫何义的学生,什么都好,只有一个缺点:小心眼。占了别人的便宜就非常开心,若是有人占了他的便宜,他便会一连几天不舒服。

这一天,何义和同桌刘勇一起上街。刘勇在买东西时,零钱用完了,只有一张一百元的,售货员找不开,刘勇只得向何义借,何义无法拒绝,只得拿出两元钱来借给他

可是两三天过去了,不见刘勇还钱。这天最后一节是自习课,何义在课堂上始终不能静下心来做功课,脑子里想的就是刘勇借的两元钱。

突然,他的胳膊被刘勇捶了一下:"跟你说话呢,没听到?"

何义像是从梦中醒过来似的:"你刚才说什么?"

刘勇一笑:"刚才好好地跟你讲话你不听,现在想知道了是吧?我不说了,除非你请客!"说完,他便扭头和后座的同学讨论习题去了。

何义心里嘀咕着:"又想占我便宜!"突然,他看到刘勇的饭卡放在课桌上,就趁他不备,偷偷拿来藏在自己口袋里。

正在这时,放学铃响了,何义叫住刘勇,又喊了几个好伙伴:"今天吃饭都不要带饭卡了,我请客!"

同学们都笑着说:"何义请客?太阳打西边出来了!"

八九个人一窝蜂似的拥到了餐厅,坐下后便争先恐后地点菜,何义有求必应,还一个劲地劝大家多吃点。大伙儿像饿狼似的,一顿饭下来,把饭卡上的一百元钱几乎全用完了。

何义看了看毫不知情的刘勇,心里暗暗得意:"这一会狂吃猛喝,等一会儿不知道怎么心疼呢!哈哈……"

回到宿舍,何义又问刘勇:"自习课上你对我讲的那句话到底是什么?"刘勇打着饱嗝说:"现在说已经没意义了,你不用问啦!"

何义心痒难搔,紧着追问:"我都请客了,还不说吗?"

刘勇这才不紧不慢地说:"下课时,生活委员让我把你的饭卡捎给你。我说的就是这个……你不是已经拿去了吗?"

何义看看手中的饭卡,背面有极小的两个字母:HY,这正是他自己名字的拼音缩写呀!今天早上,卡上没钱了,他让生活委员拿卡到总务处去添钱,没想到只忙着算计刘勇,竟忘了这回事。一时间,他感到天旋地转……

良久,何义才有气无力地对刘勇说:"好大哥,拜托,以后有话早早说……"

(孙　静)

(题图:刘斌昆)

敲诈"老巫婆"

　　袁圆今年读高一，其他科的老师她都不怕，就怕教化学的吴老师。

　　这是因为有一次化学考试，袁圆因为没好好做准备，考砸了。吴老师在课堂上让袁圆站起来当众说明原因，袁圆不以为然，轻描淡写地说："没啥原因，只不过刚开学，还不适应。"没想到这一句话捅了马蜂窝，吴老师立马朝她开起"机关枪"来："不适应？那你什么时候才能适应？高中毕业，还是退休以后？你这脾气挺臭的嘛，怎么像硫化氢的味道？你这种学习态度，跟你那一身漂亮衣服好像不太般配吧？下次考试，你准备考零分还是考一分？嗯？"

　　听听，这像老师说的话吗？

　　袁圆以前一直都是学校里的"骄女"，啥时候被老师这么训过？

所以她又害羞又生气，一低头就哭着跑出了教室。以往这种情况，一般事情过后老师会让同学把这个学生叫回去，可这次袁圆躲在寝室里哭了半天也没有人来理她。而且吴老师竟然还让同学通知袁圆，如果随便旷课，还要对她作出严肃的纪律处理。没办法，袁圆只好悻悻地回到教室。她心里嘀嘀咕咕着：算你狠，"老巫婆"！

从此，吴老师在袁圆的眼睛里十足就是一个老巫婆。

不过说实话，袁圆对老巫婆的教学还是很佩服的，她的课听起来就是有劲，她总是能把很枯燥的化学原理讲得很精彩，再难的题目只要被她一分析，就会变得非常明白易懂。袁圆的化学成绩很快就冒了尖，有一回测验，全班同学就只有袁圆一个人得了满分。同学们都向袁圆投去羡慕的眼光，袁圆很得意。可是老巫婆却从来不表扬袁圆，总说袁圆成绩好是应该的，袁圆觉得老巫婆对她有成见。

一年一度的化学期末考试到了，试卷上的题目袁圆都能做，但袁圆却动起了歪脑筋，她乱做一气，把这张卷子做得"惨不忍睹"。要知道，吴老师的教学在全省都是出了名的，她教的学生从来没有期末考试成绩不及格的。可是现在，袁圆偏偏就是要给吴老师开创一个"历史新纪元"，一想到到时候吴老师准会气歪鼻子的样子，袁圆在考场上竟忍不住笑出声来。

后来化学成绩出来后，袁圆听说老师办公室里一片哗然，都奇怪吴老师怎么也会教出不及格的学生。袁圆终于出了一口憋了许久的闷气，心里特别快活。哼，大不了再被这个老巫婆在课堂上羞一顿，怕什么！

但出乎袁圆意料的是，吴老师居然在课堂上什么也没说，根本就不提这件事。反倒是袁圆仿佛有了一种失落感，她心里忐忑不安起来：这个老巫婆，她会不会报复自己？

很快，袁圆就感到自己开始领略老巫婆的厉害了。

那是第二个学期开学不久，全市举行中学生化学知识竞赛。

不是袁圆自己吹,她要去参加比赛的话,极有希望捧个一等奖回来。可谁知参赛名单一出来,哪里有袁圆的名字? 袁圆班里一个同学平时化学成绩根本没有袁圆好,可他参加了初赛参加复赛,参加了复赛又进入决赛,一路过五关、斩六将,最后竟拿到了大奖。看看那个同学风光极了的样子,袁圆的肠子都悔青了。

接下来,袁圆听到了一个更加令她惶恐的消息:很快就要举行全国中学生化学知识竞赛了,这次全市比赛的成绩,将作为参赛资格选拔赛的重要参考。袁圆后悔死了,由于自己的意气用事,将再一次与这么重要的比赛擦肩而过。怪谁呢? 只能怪自己啊!

袁圆伤心透了,一个人躲在寝室里大哭一场,连饭也不吃。她真想去给吴老师认个错,让吴老师帮她去争取一个参赛名额,可是吴老师能原谅她吗?

正当袁圆无比懊恼时,吴老师把袁圆叫了去。问袁圆愿不愿意参加全国竞赛;如果想参赛的话,必须做一套她专门出的题目,而且成绩必须在 80 分以上。袁圆不禁又惊又喜,她想向吴老师认错,可吴老师却是一副冷冰冰样子,朝她摆摆手说:"道歉没用,做完题再说。"

做就做! 袁圆接过卷子,立刻埋头做了起来。

天哪,一做题目,袁圆才明白自己又落入了吴老师的圈套! 她原以为自己的化学成绩挺不错,做练习题有什么难的,可哪知这些题比她想象中的难得多。哼,可恶的老巫婆,你不让我参赛就不参赛呗,干吗拿这么难的题来损我?

袁圆赌气地把卷子一丢,站起来要走,吴老师叫住了她。吴老师语重心长地对她说:"袁圆,你的成绩确实不错,但是你太骄傲,常常自以为是。老师实话告诉你吧,今天这张卷子,是故意难难你的,目的就是想要杀杀你的傲气。你要知道,学习是没有止境的,做学问不虚心怎么行? 这次全国比赛,老师会给你争取一个参赛名额,至于赛得怎么样,要看你自己努力了。你大概还没吃饭吧？"吴老师说到这里，端出一碗热气腾腾的鸡蛋面条，"你赶快把它吃了吧！吃完了，抓紧时间回去准备。"

此刻，袁圆不知道说什么好，她从吴老师手里接过面条，嘴巴里大口大口地吃着，眼睛里的泪水却"哗哗"直往下掉。

这以后，袁圆把一切可以利用的时间都利用起来了，她下定决心，一定要好好准备，为吴老师争气，为学校争光。终于，功夫不负有心人！袁圆闯过了市里、省里的一轮轮选拔赛，在最后全国总决赛中，拿到了一等奖。

得到消息的那个晚上，吴老师特别高兴，她把袁圆和同学们叫到一起，笑眯眯地说："今晚老师请客，你们喜欢吃什么呢？"

"哇噻！"袁圆夸张地叫起来。这个可怕可敬又可爱的老巫婆，平时上课的时候她从来不笑，原来笑起来，竟也这么可爱！

袁圆朝吴老师扮了个鬼脸，对同学们说："这可是吴老师自己说要请我们的哦，我建议，我们得好好'敲诈'吴老师一次。吃烧烤，怎么样？"

"好！好！好！"同学们一呼百应，都拍手叫好。

吴老师"呵呵"笑着说："烧烤就烧烤！我还以为你们要我请你们吃满汉全席呢！"

袁圆真想趁这个机会好好向吴老师认个错、道个歉，可她刚张口，就被吴老师"堵"了回去。吴老师悄悄对她说："袁圆，老师可能有时候对你要求过分严格了，你毕竟还小，难免不理解，老师不怪你。老师只是不想看到明明能够成才的学生，最后却成不了才，这就太让人痛心了……哦，对了，"吴老师说到这里，突然话题一转，"你以后当上了化学家，请老师吃什么啊？"

袁圆一愣，继而"扑哧"一笑："到时候，我请吴老师吃方便面！"

（原上草）

（题图：箭　中）

半份菜的午餐

　　刘亚丽是个来自贫困山区的大学生,家里很穷,每个月的基本生活费都无法保证,只好节衣缩食,能省则省。

　　这天中午,刘亚丽磨磨蹭蹭,挨到食堂快关门了,才端着饭盒去打饭。

　　"师傅,来半份菜。"

　　"什么,半份菜? 要么一份,要么不打,半份菜让我怎么打? 这么晚来,还想蹭菜吃!"胖师傅说着,把勺子丢进了菜盆。

　　刘亚丽本来就不好意思,好不容易才开了这个口,被胖师傅这么一说,眼泪在眼眶里直打转,转身就往外走。

　　忽然,有个声音叫住了她:"同学,等一下,到我这儿来打吧!"

刘亚丽回头,看见旁边窗口一个黑黑瘦瘦的年轻师傅正微笑地招呼她。刘亚丽的肚子实在太饿了,她犹豫了一下,就走过去,把饭盒递进了窗口。

先前那个嘲笑刘亚丽的胖师傅,没好气地对这个年轻师傅吼道:"姓周的,你是个新来的临时工,要守规矩!"

年轻的周师傅赔着笑说:"吴师傅,你看,人家女孩子要保持苗条身材,咱也不能让人家饿着是不是? 来半份就来半份,今天你早点下班吧,剩下的活我全包了。"

胖师傅听他这么一说,这才住了口,转身走了。

周师傅麻利地给刘亚丽打了饭菜,盖好盖子递出来,说:"同学,想苗条下次就来我这个窗口打吧。"

刘亚丽不知该说什么好,看了看他,低着头走出了食堂。一路上,刘亚丽心里挺难过,师傅就想着女同学要苗条,哪里知道山里孩子读大学多不容易!

回到寝室,刘亚丽想坐在角落里悄悄把饭吃了,因为她不想让同学看到自己饭盒里只有半份菜。还好,这时候大家都已经午休了,她于是倒了一大杯水喝了下去,想先把肚子撑得饱一点,可等打开饭盒一看,大大吃了一惊:里面哪里是半份菜,足足有一份半多!

刘亚丽愣了一会,明白了,原来自己误会周师傅了,周师傅说的那些话,其实是替自己在胖师傅面前解围罢了。在眼眶里转了一个中午的眼泪,这时候"哗"全都流了下来。

从那以后,刘亚丽每天中午都等到同学们差不多都快吃完了的时候,才去食堂周师傅的窗口打菜,而且她总能用半份菜的钱打到一份半的菜。

这个秘密保持了两个多月,但是终于有一天,被同寝室的女孩们知道了。

一个叫白兰的女孩心直口快地问刘亚丽:"莫不是他对你有

意思?"

刘亚丽一下子羞红了脸,急忙辩解道:"这都哪儿跟哪儿啊,周师傅是个好人,可别乱说。"

不过,刘亚丽嘴上这么说着,其实她自己心里也有些嘀咕:俗话说,天下没有白吃的午餐。要不是因为这个,还能是因为什么呢?

自从有了这样的心思,刘亚丽就开始躲着周师傅了,要么去别的窗口打一份菜,要么索性饿着。

可这样也不是事儿啊!

那天,刘亚丽刚走出图书馆,就看到周师傅站在那里,好像是特意等着她的,一看她出来,立刻就迎了上来。

周师傅见了她没有什么寒暄的话,开口就问:"刘亚丽,你怎么不到我窗口来打菜了?"

刘亚丽吃了一惊,心想:他怎么连我的名字都知道了? 看样子白兰说的不是没有道理! 她心里这么想着,说话间那情绪就流露出来了,脱口反问周师傅道:"为什么一定要到你的窗口去打?"

周师傅先是一愣,而后尴尬地笑了笑,压低声音说:"那事没别人知道。"

刘亚丽一听他这话,感觉像是受了莫大的侮辱,气得转身就要走,没想周师傅竟然抓住了她的胳膊,塞给她一个牛皮纸的信封。

恰巧这时,白兰从图书馆里出来,看到这情形,连忙冲上去一把拉住刘亚丽,大声对周师傅说:"怎么,还要送情书啊?"

刘亚丽听到这话,立刻把信封扔还给了周师傅。

只见"呼啦"一声,一叠饭票从信封里掉了出来。周师傅愣住了,涨红了脸,捡起地上的饭票,悻悻而去。

从这以后,周师傅再没来找过刘亚丽,没过几个星期,他就辞工离开了学校。

刘亚丽松了一口气,可她越想越觉得委屈,越想越觉得不光彩,想想自己曾经白吃的午餐,心里别提有多难受了。

正巧,学校给特别困难的同学补贴饭票,刘亚丽也拿到了,她立刻决定到食堂去补交饭钱,说清楚这件不清不白的事。

刘亚丽找到负责后勤的王老师,把事情原原本本地说了出来,表示愿意写检查,并且补交饭钱。

王老师看了她一眼,不解地说:"周师傅每次都补交饭钱,你不知道? 就是因为周师傅反映了你的情况,还讲了他妹妹的故事,我们才决定给困难学生发放这个补贴的。"

"这……王老师,周师傅他妹妹怎么了?"

王老师说:"周师傅也是从贫困山区出来打工的。他有个妹妹,学习成绩很好,可是就因为家里穷,读书时经常忍饥挨饿,眼看要考大学了,那阵学习特别紧张,她有一天竟在学校里饿晕过去,从楼梯上摔下来把腿摔断了。要不是那次意外,恐怕他妹妹也像你一样,现在在大学里读书呢。他想帮你,又怕你不接受,于是就每星期偷偷地来帮你交饭钱,真是个好小伙子。可不知道为什么,原本在这里干得好好的,突然就辞工了……"

王老师下面还说了些什么,刘亚丽一个字也没听进去。她心里十分清楚,周师傅肯定是不想让她不自在,才离开学校的。

(赵晓波)

(题图:朱　彦)

第一次做生意

　　那年,林子高中毕业后没考上大学,闲在家里没事做,靠卖豆腐的老爹白养着,心里不免时时憋屈得慌。尤其是老爹常常责怪林子,说林子不愁吃,不愁穿,人也不笨,却读书不努力,没有给他争气,没考上大学,对不起他的一番苦心,也对不起一年前去世的林子的娘,等等,真是烦死了。

　　林子他们这里是有名的茶乡,靠山吃山,靠水吃水,贩茶叶应该是一条不错的财路子,林子不想吃闲饭,不想整天听老爹的唠叨,于是就去找老爹要钱。

　　老爹以为林子又像平时那样只是要点零花钱,问他:"多少?"

　　林子说:"一千块。"

老爹一听,差点跳起来:"啊,要这么多?"他愣了一愣,警觉地问,"你想干什么?"

老爹像审贼似的,让林子心里很不舒服,他气冲冲地回答道:"反正不是做坏事!"

老爹来气了:"你这是什么话?"

林子也火了,大声说:"你给就给,不给就拉倒!"

老爹气极了,"你、你、你……"好久说不出一句整话来。

林子不再理他,于是就独自跑到了叔叔那里。

林子老爹就这一个弟弟,可两人年龄差了将近二十岁。而林子只比他叔叔小十岁,所以平时,林子老爹像父亲一样把林子叔叔拉扯大,林子叔叔又像哥哥一样把林子带大,林子和他叔叔关系很亲近,林子平时有什么心事,常常去找叔叔倾诉。

此刻林子见了叔叔,委屈极了,一边哭一边将他想做茶叶生意的事给叔叔说了。

叔叔想了想,对他说:"你想做生意,我支持,我可以借给你一千块,但我手头一时没有这么多钱。这样吧,我这就去给你想办法筹钱,你在这里等着。"

黄昏时分,叔叔把钱筹齐了,交给了林子。

第二天一早,林子喜滋滋地怀揣着那钱,得意洋洋地准备出门。

哪知临走时,老爹没头没脑地对林子说:"你想做生意可以,但要先去交税。啊?"

林子并没有告诉过老爹自己要去做生意的事,老爹怎么晓得的?看来一定是叔叔告诉他了。想到以往老爹的唠叨,林子懒得理他,就不耐烦地说了声"知道了",抬脚就出了门。

林子兴致勃勃地来到县城西面的"名茶第一乡",搞了几大箩茶叶,请一个司机帮着运进城里。

可车子刚在市场外停下,税务局的就来收税了。林子那一千块钱已经全部买了茶叶,连运费都还没有给,哪来钱交税呢?林子就求他们,说等茶叶卖到够交税款时就一定先交税。

收税的指了指市场里那些做生意的人,说:"你看,这么多临时经营户的税款都要收,我们等得起吗?"

林子一时不知所措,不禁想起早上出门时老爹叮嘱他"先交税"的话,心里不由有点后悔。

收税的看林子还是个十八九岁的毛孩子,就缓了缓口气,说:"这样吧,你一时没有现钱也可以,但得提供一个纳税担保人。"

林子不知到哪儿去找担保人,就问他们:"我老爹可不可以做担保人?"

收税的问:"你老爹是干什么的?"

林子老老实实地回答:"卖豆腐的。"

"卖豆腐的?"收税的摇摇头,"卖豆腐的怎么能做担保人?"

林子急了:"他是我老爹啊,他叫林阿根,他怎么就不能担保?"

收税的一听"林阿根"这名字,愣了一下,"他真是你老爹?"

林子理直气壮地说:"老爹还能有假?"

这时,已经有很多人围了上来,人群里有几个认识林子的,便纷纷为林子作证,有的还开玩笑说:"如假包换!"

收税的这下放心了,笑着说:"那你先卖吧,等卖完茶叶再来交税。"

林子怎么也想不到他那卖豆腐的老爹,在税务人员那里会有这么大的面子。事后,他想想也是,老爹每天都要浸泡第二天要磨的黄豆,每次浸泡前都要用秤称出黄豆的斤两,并记在当地税务部门发的一个本子上,作为纳税依据。因为他做的豆腐老嫩适度,斤两足,价格公道,童叟无欺,所以生意很不错,税务部门组织评税时,每次他都自报一等。

没几天,林子就顺利地将茶叶卖完了,他主动去税务部门交了税,除去运费、成本等费用,他赚了不少钱。揣着这亲手挣来的第一桶"金",林子心里美滋滋的。

林子来到叔叔那里,很气派地从腰包里拿出一千块钱,要还给他。

可叔叔不接,笑着说:"你还是去给你老爹吧!"

林子以为自己没听清楚:"你说还给谁?"

叔叔一字一顿地说:"你老爹!"

林子觉得很奇怪。

叔叔这才告诉林子:那天,他听了林子做茶叶生意的想法后,觉得可行,但手头又没钱,就去找林子老爹说了。没想到林子老爹很爽快地就把一千元钱交给了叔叔,让他去给林子做本,并叮嘱说,先不要告诉林子。

林子明白了! 霎时,鼻子一酸,泪水模糊了他的双眼。他百感交集,喃喃自语着:"爹啊……"

(群 山)

(题图:张 恢)

第一瓶香槟酒

　　迈克今年 17 岁,是个性格腼腆的男孩子。这天,他在游泳池里认识了一个金发姑娘,名叫英格,比迈克小一岁。从看见英格的第一眼起,迈克就喜欢上她了,心里面整天都是英格的影子闪来闪去。

　　过了几天,迈克鼓足勇气约英格去冷饮店吃冰淇淋,英格一口答应了。说来也怪,见到英格以前,迈克的心里又兴奋又盼望,好像有很多话要说。可是真和英格坐在一起的时候,迈克紧张得手脚没处放,一句话也说不出来了,甚至连眼睛都不敢抬起来瞧英格一下。倒是英格不断地说话,还逗迈克笑,这才让迈克渐渐活泼起来,自信心也一点点地增强起来了。

　　他们在冷饮店约会了几次以后,英格对迈克抱怨说:"我们不能换个地方吗？冷饮店是小孩子们去的地方,那里的冰淇淋我都吃厌啦！我们为什么不正正经经出去一次,像我姐姐那样去喝一杯香槟酒呢？"

迈克的心好像被什么东西抽了一下,剧烈地蹦起来,一半是激动,一半是担心:香槟酒当然很好,他还从来没有喝过呢。不过那比冰淇淋可贵得多,而自己的零花钱几乎都用完了。可是他表面却装得若无其事,用漫不经心的口气说:"香槟酒？好呀,为什么不去喝一杯呢？"他尽力表现得很平静,好像喝香槟酒对他来说是一件再普通不过的事一样。

迈克回去以后,就开始拼命地存钱。半个月以后,他终于带着英格走进了城里最好的一家酒吧。这里面真是富丽堂皇,还演奏着婉转动人的音乐,侍者们悄无声息地来回走动,对每个顾客都彬彬有礼。迈克还是第一次来到这种高雅的场合,不知怎么,他的胃不由自主地难受起来了。迈克悄悄看了一眼身边的英格,只见她也在好奇地打量着周围的一切,激动得脸颊微微泛红。迈克提醒自己要集中精力,千万不能在大庭广众下出丑,如果那样的话,英格一定不会原谅他的。

他们在一张小桌旁坐下,一位上了年纪的侍者走过来,他的两鬓已经灰白,有一双亲切的眼睛。迈克克制住自己有点颤抖的声音,尽可能用无所谓的口气说:"请给我们来一瓶香槟酒,快一点。"

那位侍者微微弯下腰,认真又严肃地重复道:"一瓶香槟酒,快一点。"

迈克的心悄悄放下了,因为侍者对他们很尊重,语气里没有一点讥刺的意思。他显然没看出迈克和英格的年龄,还以为他们是成年人呢。这也难怪,今天迈克穿上了圣诞节姨妈送给他的西服,还系上了一条红色的领带;英格呢,也穿着她姐姐那身漂亮的黑色连衣裙。没有人会看出他们还不满 18 岁的。

不一会儿,侍者回来了。他用熟练的动作打开了用一块雪白的餐巾裹着的酒瓶,然后把冒着珍珠般泡沫的饮料倒进杯子里。真是太奇妙了! 迈克觉得自己和英格是在另一个世界里面。迈克像个成年人一样地端起酒杯,对英格说:"为了我们的爱情!"然后郑重其事地和她碰了杯。

英格显然很满意这一切,所以当他们喝完第二杯酒,迈克轻轻抚摩她的手背时,她没有像往常那样把手抽回去。喝完第三杯时,迈克还偷偷吻了英格一下! 迈克浑身发热,他想自己一定是喝多了,英格也觉得有点醉意了。本来迈克还想再要一瓶酒,可是他偷偷看了一眼酒的价格,只好打消了这个念头。

迈克挥手招呼侍者,一面还大声喊道:"快一点结账,先生!"现在他已经不像刚进门时那样拘谨了,他对自己的表现很满意。

那位上了年纪的侍者来了,他用一个银盘子盛着账单,然后默默地把账单挪到桌子上。等他转身走开后,迈克打开账单,他一下子屏住了呼吸——只见上面写着:

一瓶矿泉水加服务费,一共1.10马克。

在账单的下方,还有一行小字:

> 原谅我,孩子。你们尚未成年,是不能喝酒的。但我确实不想扫你们的兴,所以擅自给你们换了矿泉水。你们的侍者。

(作者:柯里德;讲述者:吴文昶)

(题图:魏忠善)

心 灵 交 响

思想是打开一切宝库的钥匙。思想来自感情，也支配着人，化为新的感情。

布袋熊妈妈

  晶晶两周岁生日快到了,张天民和妻子商量了几天,也没想出买什么礼物给他们的宝贝女儿,于是便一起去百货公司挑选。

  夫妻俩兴冲冲地在商场里转了好几圈,张天民妻子在儿童玩具柜里看到一只模样憨厚的布袋熊,爱不释手,就提议买这个。她对张天民说:"晶晶平时最喜欢小熊了,吃小熊饼干,玩小熊玩具,看小熊动画片,她玩的过家家也是让我扮熊妈妈,她自己扮小熊。而且你看,这小熊还挺像我的,嘿嘿,我要把自己送给晶晶。"

  说实话,张天民真没觉得这布袋熊有什么特别之处,只觉得它憨厚的模样能给人一种十分踏实的感觉,既然妻子说好,他就笑着一边点头一边打趣说:"我看你啊,自从我们有了晶晶,你倒越来越像个孩子了!"

　　总算买到称心礼物了,两个人高高兴兴地出了商场。正要穿过马路去,就在这时,一辆中巴车突然横冲过来,张天民一下子被妻子推向路边。等到"哗"一声刺耳的刹车声戛然而止时,魂飞魄散的张天民看到他妻子正躺在中巴车的前轮下,已经奄奄一息,血流了一地。

　　张天民冲上去紧抱着妻子,而他的妻子却把微弱的眼光伸向离她不远的地上,张天民一看,那里躺着他们刚刚从商场里买的那只憨厚可爱的布袋熊。张天民赶紧奔过去,捡起布袋熊,他看到在布袋熊的右耳朵上,有一块鲜红的血迹,像是被谁咬了一口似的。就在张天民把布袋熊拿回到妻子身边的瞬间,他的妻子永远地闭上了眼睛。

　　妻子死后,张天民发现晶晶特别喜欢和那只布袋熊呆在一起,无论走到哪里,她总要带上布袋熊,哪怕是睡觉的时候,她也要紧紧搂着布袋熊,小脸贴着它才能入睡。

　　三岁那年,晶晶上幼儿园,可谁知一向聪明伶俐的晶晶面对课堂上老师的提问却总是一言不发。有一次,张天民在窗外看着心里急得要命,正当此时,晶晶突然转过头往窗外的他看了一眼,张天民急中生智,立刻朝她晃晃拿在手里的布袋熊,想鼓励她一下,没想到她一看到布袋熊,脸上的表情立刻活泼起来,转过头去就开始回答老师的提问了。

　　张天民怎么也没有想到,布袋熊竟成了鼓励晶晶的"法宝"。

　　随着时间一天天推移,晶晶也一天天长大。晶晶一直很听话,也很懂事,可让张天民不明白的是,晶晶都已经四岁了,可从来也没有向他问过有关妈妈的问题。张天民不知道在晶晶的记忆里,妈妈到底是什么样子;也不知道当看到幼儿园里的小朋友都有妈妈时,晶晶会怎么想。可晶晶既然不问,张天民也就一直不说,他实在不忍心在晶晶这么年幼的时候,就告诉她关于妻子的车祸之死,告诉她已经没有了妈妈。

这天,张天民下了班就急匆匆往家赶,晶晶这两天感冒了,没去幼儿园,张天民把她一个人锁在家里。一踏进家门,张天民就冲着房里喊:"晶晶,晶晶,看爸爸给你买什么来啦?"要在平时,晶晶早就闻声跑出来了,可是今天,屋子里静悄悄的,一点声音也没有。张天民心里一紧,赶紧冲进晶晶的房间,只见晶晶一个人蜷缩在墙角,歪着身子睡着了,地板上的书和画册丢了一堆。张天民一摸晶晶的额头,哇,烫得吓人!他赶忙用毛毯把晶晶一裹,抱起她就朝医院跑。

在医院急诊室里,晶晶的呼吸声十分粗重,根本不像是小女孩,就像是一只庞然动物发出的声音,真吓人。一位圆脸小护士劈头盖脸地问张天民:"你是小孩父亲?你怎么搞的,这么晚才把孩子送来?你知道孩子烧到多少度?温度计都到头啦!"

张天民急切地问:"我女儿是什么病?有没有危险啊?"

圆脸小护士没好气地埋怨道:"急性肺炎!你现在知道着急啦?我告诉你,你女儿的高烧要是快点退还好说,否则就有生命危险。"张天民听到这话,差点晕过去。

一连两天,张天民一直陪在晶晶身边,让他急得双脚跳的是,晶晶的高烧始终退不下来,医生各种方法都用上了,晶晶还是昏迷不醒。一位满头银发的主任医生给晶晶做了全面检查之后,对张天民说:"要有最坏的思想准备,病毒很顽固,有些器官已经有衰竭的迹象,高烧再不退的话,会很麻烦。"

张天民感觉自己都快要疯了,他按照老医生的叮嘱,一刻不停地往晶晶干裂的嘴唇上抹温水,他多么希望能够出现奇迹啊!可是,晶晶依然没有一点知觉。

到了午夜,张天民突然发觉晶晶的小嘴动了动,"晶晶!晶晶动了!"他惊喜地一边按铃叫医生,一边赶紧把耳朵凑上去。他听到晶晶嘴巴里含混不清地嘟囔着:"布袋熊……我要……布袋熊……"张天民不由得喜忧交加。

他喜的是晶晶虽然神智并没有完全清醒,可总算听到她的声音啦;可让他忧的是,医院离家有半个多小时的路程,要是自己去取布袋熊,万一晶晶有情况怎么办? 这时,圆脸小护士赶来了,今晚是她值班,她听张天民把晶晶要布袋熊的事情一说,赶紧道:"这还有什么好犹豫的? 你赶紧回去拿,这里我看着!"

半个小时以后,当张天民抱着布袋熊赶回医院的时候,晶晶仍在昏睡之中。但晶晶却好像有了感应似的,她把布袋熊紧紧贴在自己脸上,表情显得非常安宁。疲惫的张天民看在眼里,稍稍松了口气,不知不觉间,他伏在晶晶的病床边睡着了。

第二天早上,张天民一醒过来,就被眼前的景象惊呆了:那只布袋熊软塌塌地躺在晶晶的床边,像是被水浇过了一样,整个床铺都是湿漉漉的。张天民以为晶晶尿床了,赶紧用手伸进晶晶的被褥,一摸,晶晶身子底下却是干干的;再一摸晶晶的额头,凉丝丝的! 张天民顿时心中大喜,连连惊呼:"晶晶,晶晶。"可晶晶却仍在昏睡中。

圆脸小护士听到喊声连忙跑过来,看到眼前的情景,伸手抓起布袋熊用手轻轻一拧,竟拧出好多水来,"滴滴答答"把地板都弄湿了。她奇怪地自言自语道:"怎么倒像是这只布袋熊发高烧一样? 只有在退烧的时候,才会出这么一身汗啊!"

张天民正要说什么,这时候病床上的晶晶睁开了眼睛。

张天民赶忙俯下身去,轻声说:"晶晶,我是爸爸,你的病好啦。"

只见晶晶看着张天民,小嘴巴一张一合,蹦出的一句话把张天民吓了一大跳! 晶晶说:"……布袋熊……妈妈。"

张天民转过头一看,躺在晶晶床边的那只湿漉漉的布袋熊,这时候完全是一副虚脱无力的样子,好像正望着晶晶在微笑,圆圆的右耳朵上,血迹鲜艳如初。

(薛大营)

(题图:王申生)

若干年有多久

　　阿玉是个很会持家过日子的女人,人家在阳台上种花种草,她却利用各种盆盆罐罐种上小葱和韭菜。外人看来这省不了几个钱,可阿玉却算得清楚,省下来的钱能给儿子亮亮多喝几瓶牛奶呢!

　　亮亮是个聪明的小家伙,满脑子总有想不完的问题,尽管好多问题并不是三言两语能够说得清楚的,可阿玉总是想尽办法来回答,不让亮亮失望。

　　只有一个问题,每当亮亮问起,阿玉心里就酸酸的。亮亮问阿玉:"妈妈,别的小朋友都有爸爸,我爸爸在哪儿?"亮亮的爸爸在哪儿呢? 阿玉只能告诉亮亮:"你爸爸去了很远很远的地方,要很久很久才能回来。"然后,她就赶紧把话题扯开去。

后来,亮亮上学了,阿玉给他买了套《十万个为什么》。亮亮高兴极了,因为有好多问题以后不用再去问妈妈,他自己就能直接在书里找答案了。

最近,亮亮老是缠着阿玉问一个问题:"妈妈,若干年是什么意思?"

阿玉一愣,像是想起什么似的,咬咬嘴唇,说:"若干年是不确定的一段时间,可以是几年,也可以是几十年,也可以是指很长很长的时间。"

亮亮又问:"妈妈,那到底是'若干年'长,还是'很久'长?"

阿玉猛地想起自己对亮亮说过"爸爸要很久才能回来"的话,她再也不知该怎么回答了。

这天是六一儿童节,亮亮的学校举行亲子联欢活动,要求家长至少要有一方到场,阿玉特意请了假赶到学校。

联欢活动就在教室里举行,中间摆了一张大大的泡沫垫,是演出舞台,家长和学生围垫而坐,有说有笑。

所有节目表演完之后,班主任林老师看看时间还早,见大家兴致很高,就临时决定再增加一些即兴节目,大家自由报名。

亮亮拽拽阿玉的衣服,悄悄说:"妈妈,咱们报名好吗?"

阿玉笑着点点头,说:"行啊!亮亮,那咱表演什么节目啊?"

亮亮张开双手,把自己的两只耳朵往上一提,调皮地吐了吐舌头。阿玉明白了:亮亮想让她和他一起表演双人情景剧《狐假虎威》,亮亮扮狐狸,她扮老虎。这是亮亮最喜欢的节目,在家里已经演过无数遍了,阿玉心领神会地向亮亮举了个胜利的手势!

得到妈妈的同意,亮亮就蹦蹦跳跳地去林老师那里报名了。

可正当他们准备上场的时候,阿玉突然想起了什么,脸上的笑容顿时僵住了。她咬咬嘴唇,轻轻地对亮亮说:"亮亮,妈妈有点不舒服,这节目我看咱就不演了吧?"

"那怎么行?"亮亮着急地说,"我都报了名了。"

阿玉还想解释什么,就听林老师拿着节目单念道:"下面,有请亮亮和他的妈妈为大家表演双人情景剧《狐假虎威》。大家掌声欢迎!"

林老师话音刚落,亮亮就"咚咚咚"地冲上台去。

谁知阿玉却站起来对林老师说:"林老师,实在抱歉,我今天有点不舒服,这节目我们就不演了……"

亮亮愣愣地看着妈妈,小脸憋得通红,眼泪在眼眶里直打转……

从学校回家的路上,亮亮一直哭丧着脸,闷闷不乐地跟在阿玉身后。他不明白妈妈这是怎么了,她在家里可从来不是这样的啊?进家门的时候,他脑袋都快耷拉到胸口了。

阿玉看他这副样子,一边换鞋一边逗他说:"亮亮,今天过儿童节,妈妈给你做好吃的。"

亮亮撅着嘴,根本不理睬。他觉得自己已经不是小孩子了,妈妈甭想用什么好吃的东西来骗他!

可就在这时候,他突然一瞥眼,看到妈妈脚上那双满是补丁的袜子,他顿时明白过来了,为什么妈妈在学校里不肯到台上去表演,原来她是不想让别人看到她穿的这双破袜子,她是怕在同学面前给自己丢人。

这一下,亮亮恨死自己了。

阿玉看到亮亮呆呆地站在门口一动不动,以为他还在生自己的气,讨好地说:"今天是妈妈不对,妈妈补偿你,今天晚上做你最爱吃的韭菜炒鸡蛋!"

亮亮一听阿玉说"补偿",灵机一动:对,该我来补偿妈妈呀!他抬起头对阿玉说:"妈妈,我想出去玩会儿再回来。"

阿玉看亮亮终于开口了,赶紧点了点头。

直到吃晚饭的时候,亮亮才回来,阿玉从厨房探出头来,看到他手里好像还拿了什么东西,因为手里正忙活着,也没仔细看。可谁知第二天她一大早起来，想到阳台上去拔点葱时，却吓了一跳：阳台上到处都是拔断的韭菜和葱，星星点点的土撒了一地，原来种菜的几个大盆里，光秃秃的就只剩了一点泥巴。

阿玉知道亮亮昨天在生自己的气，可他怎么也不该把自己辛辛苦苦种的菜都给拔了呀？阿玉气得眼泪"扑簌簌"地流了下来，她忍不住气冲冲地跑到亮亮的房间，一把把他从床上拖起来，拖到了阳台上。

阿玉伤心地对亮亮说："怎么，这些韭菜丢你的人了？快说，为什么把它们拔掉？"

亮亮低着头，一声不吭。

阿玉看他不说，更是气不打一处来，端起那几个种菜的大盆狠狠往地上一摔，带着哭腔道："索性把盆也摔了，不是更干净？"

那几个破盆应声落地，里面的泥土全倒了出来，从泥土里滚出了几个大大的田螺，还散发着一股淡淡的腥臭味。

阿玉愣住了，抓起一把小铁铲在别的盆里翻起来。

一直不吭声的亮亮一把拉住阿玉的手，哭着喊："妈妈，你别挖！不能挖，挖了就不灵了！"

阿玉哪管什么灵不灵，只是一个劲儿地翻，竟然从剩下的那一个个盆里翻出大大小小好多个田螺。

这一来，亮亮伤心得号啕大哭起来："呜……它们永远也成不了化石了……"

阿玉听亮亮这么哭嚷，觉得很奇怪，问亮亮到底是怎么回事。

亮亮抽泣着说："《十万个为什么》里说，田螺埋到土里，经过若干年以后，就会变成田螺化石。妈妈，这些田螺都是我昨天晚上特地去菜场捡来的……"

阿玉一听，真是又好气又好笑，儿子居然要在这里培养他的田螺化石？

阿玉要亮亮给她解释，亮亮说："田螺变成化石，就成了文物，就可以把它们放到博物馆里，让好多人都来参观，这样的话，我们就可以卖出去好多门票，就像博物馆办展览一样，就可以挣好多好多的钱。到那个时候，已经过了若干年，如果若干年和很久差不多长的话，那我爸爸就该回来了，你就可以穿新袜子，我们三个人一起去表演节目。这样的话，我若干年不吃韭菜炒鸡蛋也不要紧啊！"

阿玉听着听着，再也无法控制自己的感情，一把将亮亮紧紧搂在怀里："亮亮，乖……是妈妈不好，都怪妈妈……咱们一起来埋田螺，一起等爸爸回来……"

"真的？妈妈，太好了！"亮亮脸上的泪水还没干呢，他听妈妈说"一起埋田螺，一起等爸爸回来"，开心得笑了。

可他不知道，有些事情，妈妈其实一直没告诉他：在亮亮还不会走路的时候，爸爸就因为诈骗罪被判了无期徒刑。被押前，亮亮爸爸对阿玉说的最后一句话是："阿玉，好好带亮亮，等着我，我进去后一定努力争取减刑。若干年后，咱们再重新开始……"

（方　矩）

（**题图**：安玉民）

泪光里的合影

　　这天傍晚，云开影楼的经理蔡树正在营业厅里忙碌着，忽然有一个陌生小女孩引起了他的注意。

　　这小女孩看上去十一二岁的年龄，脸瘦瘦的，眼睛大大的，她神情忧郁，背着个沉沉的书包，已经在门厅一侧独自转悠了好一阵子。那一侧是影楼里精心布置的"幸福时光精品屋"，里面陈列着影楼多年来在各种摄影比赛中获奖的几十件作品，有婚纱照，有写真照，也有家庭系列照。

　　外面的天已经黑了，路灯都亮起来了，小女孩还在那里转悠，蔡经理觉得她好像有点儿面熟，却一时又想不起来在哪儿见过。于是忙过了手头的事情后，蔡经理走过去，试探着问道："小朋友，你喜欢这里的照片？也想照一张是吗？"

谁知小女孩看了看他，一声不吭地扭头就走了。可第二天影楼刚开门，那小女孩又来了，还是独自一人，在幸福时光精品屋前转悠。

因为是双休日，顾客比往常多，店里人手又少，蔡经理上下里外地忙着招呼，只是忙中不时用眼瞅一瞅。

只见那小女孩磨蹭了一阵后，忽然夹在人缝里一伸手，将精品屋里陈列着的一张20寸大照片抓在手里，随后拔腿就往门外跑。这一切，自然没逃过蔡经理的眼睛，他几步跨上去，一把拉住小女孩，拿下了她手里的照片。

蔡经理一看，小女孩要拿走的是一张用写真手法拍摄的合影：医院里洁白的产床边，微笑的丈夫俯在疲惫而幸福的妻子身旁，夫妻两个正深情地注视着他们初生的宝贝；那胖胖的孩子正张开粉嘟嘟的小嘴，贪婪地吮吸着母亲的乳汁……整个画面，圣洁而温馨。这是蔡经理十年前在一家产院里精心抓拍的一个镜头，曾在数次全国比赛中拿过金奖，赢来无数羡慕和赞美的目光。

蔡经理怕吓着小女孩，不敢怎么呵斥她，只是拉着她的手，轻轻地问："告诉叔叔，为什么要这里的照片？"

小女孩脸涨得通红，拼命要从蔡经理手里挣脱出来："我不是偷。这不叫偷！"

"嗬，看你人一点儿小，嘴倒挺硬。不叫偷，那么叫拿？"蔡经理又气又恼又觉得好笑。

"就是，就是！"小女孩倔犟地拧起脖子，"这是我家的照片！"

"你家的照片？"蔡经理愣住了，"你有什么根据呀？"

小女孩用手指着照片说："这是我爸爸，叫程扬；这是我妈妈，叫姚燕；我叫程姚，这个小毛头就是我，这是我刚生下来的时候照的。"

听小女孩这一说，蔡经理将她上上下下打量了一番，发现她那眉眼、那脸型,还真是跟照片里挺像,难怪觉得有点儿面熟呢!看来小女孩说的没错,他不由暗自点了点头。

可是,蔡经理说:"这照片虽然照的是你们家,但你不能拿走,当初我们已经花钱买下来了,你爸和你妈还在协议上签了字,用如今的说法,就是我们拥有肖像权。你现在即使要拿走,也得让你爸和你妈自己来一趟。你明白吗?"

小女孩听着,似懂非懂地咬着嘴唇,一时没了词儿,只好快快地走了。几天一过,蔡经理没再见那小女孩有什么动静,渐渐地也就把这事儿给忘了。

可是不久后的一个下午,那个叫程姚的小女孩又来了。这次,小女孩一见蔡经理,二话没说就放下她那书包,打开,从里面掏出一大把零零碎碎的票子:"叔叔,我要买回我们家的那张照片。这是我捡废纸挣来的钱,一共38块7毛。"

"你,你这……"蔡经理竟被噎住了。这事,跟她一个孩子如何说得清楚?

"叔叔,我只有这么多钱了……"小女孩眼里闪着泪光,可怜巴巴地望着他。

见小女孩这模样儿,蔡经理心里觉得好纳闷,只好先问她:"为什么不叫你爸爸、妈妈自己来呢?"

小女孩张了张嘴想说什么,却又摇了摇头。

正在这时,店门外忽然一阵喧嚷,接着涌进来几十个和小女孩年龄差不多的孩子。其中有个稍大点的男孩走到蔡经理跟前,说:"叔叔,你就把这张照片给程姚吧,我们都是程姚的同学,钱不够,我们大家一起来凑!"

他话音刚落,那些孩子就争先恐后地嚷嚷着掏出钱来,有10块、5块的,也有1元、2元的,加上程姚刚才掏的,很快就变成了一大堆。

这番举动,看得蔡经理眼里一阵发热,心里却更加纳闷。他问道："同学们,你们能不能告诉我,这究竟是怎么回事?"

那帮男孩女孩们,先是你看看我、我看看你,接着又把目光移向了程姚。

那个跟蔡经理说话的男孩推推程姚,说:"程姚,你说吧,我们不会嘲笑你的。"

只见程姚看了看蔡经理,眼睛里滚下了两行泪珠。她哭着说:"上次期中考试我没能拿到第一名,爸爸说我不是他们生的,妈妈也说我不是他们生的,他们都说我是从外面捡来的。马上又要考试了,爸爸妈妈说,要是这次我再考不到第一名,他们就真的不要我了。我想……我就想拿这张照片去打官司,证明我是爸爸妈妈生的……"

原来是这样!

蔡经理深深叹了口气,轻轻替程姚擦去脸上的泪水。看着孩子们望着他的那一双双渴求的眼睛,他沉吟片刻后,将照片重新递到程姚手里,若有所思地说:"孩子,你把它拿回家去吧,叔叔一分钱也不要!"

蔡经理本还想再安慰程姚几句,可是他实在不知道该怎么说才好……

（叶林生）

（题图:朱　彦）

给老师送礼

　　马玲是个语文老师,这些日子因为过度操劳,病倒住进了医院,他班上的学生知道后都急坏了,都想去医院看马老师。特别是"小不点儿"刘晓,因为在刘晓的心里,马老师既是老师又像父亲,刘晓家里穷,他好几个学期的学杂费都是马老师给付的,现在马老师熬坏了身体,刘晓能不急吗?

　　中午放学后,刘晓就赶回家里,东摸摸、西看看,想给马老师带点儿什么去,可找了半天也没找出一样东西,他急得都快哭了。就在这时,突然他看见奶奶手里拽着几颗玉米粒,嘴里"咯咯咯"地叫着,往后院走去,刘晓心里一亮,有了主意……

　　没一会儿,刘晓就兴冲冲来到了医院。他推开病房门,看到有好几个同学正围在马老师的病床边,他们也是刚到,手里还提着花花绿绿包装得十分精美的礼品。刘晓的脸突然就有点红，犹豫着自己到底要不要进去。马老师看到刘晓来了，呵呵笑着招呼说："啊，小不点儿也来看老师啦！"

同学们闻声都转过脸来，刘晓背着手站在门口，脸上一阵火辣辣的，有点不知所措。

这时候，同学中一个叫宋欢的嚷嚷起来："小不点儿，别难为情，快进来呀，我们这些礼品是代表全班同学给马老师的，有你一份呀！"他说着，就过来拉刘晓，这才发现刘晓藏在身后的手里拎着一只破麻袋。

宋欢好奇地问："这是什么？"

刘晓有点不好意思，嗫嚅着，小心将袋口解开，一个小东西突然从里面"扑棱"出来，同学们"轰"一声围上来，一看乐了："鸽子！小不点儿，你带鸽子来干吗？"

刘晓蹲下身，爱抚地抚摸着这个小家伙，说："它才不是鸽子呢，它是一只小公鸡，它还有个好听的名字，我和奶奶都叫它小花。"

同学们一听，再一看，这才发现，小家伙昂着头，额上有红红的冠子。

刘晓对马老师说："马老师，这只小公鸡送给您。"

马老师正想说什么，宋欢却噘起嘴抢白道："小不点儿，现在都啥年代了，你还送这玩意儿给马老师？再说，小公鸡要在病房里不听话，马老师还怎么休息得好？"

"这……"刘晓倒没想到这一层，他结结巴巴地说，"我、我只是想，马老师病成这样，吃了这小公鸡，说不定就能让身体好得快一些呀！"

宋欢盯了一眼小公鸡，说："这鸡仔营养是不错，可就是太瘦了，你看，它身上哪有肉？"

刘晓急了，争辩说："这不是公鸡仔，它早就会打鸣了。"

"啊?"同学们都忍不住笑开了,"这小公鸡才几两肉呀,还会打鸣?"

病房里一片"叽叽喳喳"的声音。可就在这时,"喔喔喔"那小公鸡就像是在给刘晓解围似的,突然就打起鸣来。刘晓好不开心:"听见了吧? 小花一天三鸣,这是午间鸣,准着呢!"

马老师被刘晓的话逗乐了:"这小家伙还挺守时呢!"他一边笑着,一边从怀里掏出一只厚壳表,看了看,催同学们说:"下午上课的时间快到了,你们也得像这个小家伙一样守时,快回去吧,下午可不许迟到啊! 还有,你们来看老师,老师很开心,可这些礼物老师不能收,你们还是带回去吧,带回去给你们的爸爸妈妈。"马老师坚持一定要宋欢他们把带来的礼品都拿走。

刘晓见马老师什么东西也不肯留下,心里很难受,他耷拉着脑袋,默默地抱着他的小花,和同学们一起要走出病房。就在这时,马老师在背后喊住了他:"小不点儿,等一等。"刘晓回过头,见马老师冲他招手:"老师在病房里挺寂寞的,让你的小花留下来,陪陪老师吧!"

刘晓一听可高兴啦,一步三跳地跑到马老师病床前,把小公鸡递到马老师手上,说:"马老师,我的小花可乖啦,它在这里一定会听您话的!"说完,又轻轻拍拍小公鸡的翅膀,对它说:"小花,你可不许胡闹,要乖乖听马老师的话,打鸣时声音别太高,别吵着马老师,记住哦!"随后,才和宋欢他们依依不舍地和马老师告别。

两个星期之后,马老师病愈出院了,他又回到了学校,开始给同学们上课。

可这天他一走进课堂,就发现刘晓的位子空着,这孩子从来不缺课的呀,今天是怎么啦? 马老师问了同学后才知道,原来这些天刘晓到校时间非常早,有时校门还没开他就来了,正逢"倒春寒"的时节,天气特别冷,刘晓穿得单薄,受了风寒就发起高烧来。马老师知道后十分着急,上完课就赶到刘晓家。

刘晓的奶奶见老师来看刘晓,叨咕着说:"咳,这孩子,早上偏要起那么早,这下可不惹着病了?"

马老师拉着奶奶的手说:"老人家,孩子想上学是好事,可就是不能不顾身子,您老还是得常给他提个醒儿。"

奶奶叹息着说:"唉,我劝过他多少回了,可他就是不听话,每天不到四更就起床。我说他起早乐,天上还挂着月亮呢,他却说我年纪大了,哪能猜得准星星啥时亮、月亮啥时落。"

马老师觉得很奇怪:"奶奶,为啥要猜星星啥时亮、月亮啥时落?家里没钟吗?"

奶奶正要答话,躺在里屋床上的刘晓已经听出马老师的声音来了,急着喊道:"马老师,您快进屋坐。奶奶,别说了,快给马老师倒水喝,马老师也有病,当心外面凉。"

马老师闻声进屋,把藏在身后的手朝刘晓眼前一晃,刘晓立刻就看到了那只熟悉的旧麻袋,里面还有"扑扑"的响声。他马上明白了:"老师,你把小花又送回来了?"

马老师解开袋口,将小公鸡从袋子里抱出来,笑着对刘晓说:"小不点儿,这些天,多亏你的小花,不然老师的病咋会好这么快呢?"

马老师爱惜地抚摸着小公鸡,其实,他那天原本是要把同学们送来的所有礼物都退回的,可他怕伤刘晓的心,就故意将小公鸡留了下来。现在马老师把小公鸡送回来了,小公鸡立刻快活地满屋子蹦跳,"咯咯咯"欢叫起来。

刘晓的奶奶听到小公鸡的叫声,也颤颤巍巍地走进屋来,她一看到小家伙活蹦乱跳的样子,眼睛里竟闪出了泪花,爱怜地说:"这不是做梦吧?小花,小不点儿说你走丢了,你怎么又回来了?他每天可都是靠你早上打鸣起床上学的呢,你这一走丢,他可摸瞎啦。真是老天有眼,怎么现在又让你回来了?回来就好!

回来了就好啊!"

马老师听了奶奶这番话,心里像是被什么东西重重撞击了一下。他抚摸着刘晓发烫的额头,说:"小不点儿,怪老师不好,老师让你受苦了。"

刘晓急了:"马老师,您千万别这么说。您对我这么好,您病了,我真不知道拿什么礼物去看您好,所以就……"他说着,见马老师的眼光落在窗台上一只破了的闹钟上,就说:"马老师,那是我爸爸出门去打工前给我买的,奶奶扫窗台时不小心把它摔坏了。后来,小花就每天早上给我打鸣……马老师,其实……其实小花不在也没什么,如果到学校早了,我就在校门口默记课文。嘿,马老师,这反而让我记得更牢呢……"

刘晓说到这里,马老师的眼睛红了,他从怀里取出他的那只厚壳表,递给刘晓,说:"这块表老师以前一直带在身上,现在我把它送给你,用它来陪伴你一起完成剩下的学业,好吗?"

刘晓知道其实马老师比自己更需要这只表,他怎么好意思收下呢?

可是马老师将表紧紧按在他手心里,疼爱地说:"小不点儿,你听听它给你打鸣的声音。"马老师边说边将表设了个定时,没一会儿,屋子里就响起了"喔喔喔"公鸡打鸣的啼声。

捧着这只带有马老师体温的厚壳表,听着那逼真的闹鸣声,刘晓的眼泪夺眶而出……

（吴相阳）

（**题图**:安玉民）

摔碎的心

灾难，在晓敏未出生的时候就已经开始了，到她五岁时，深藏在她体内的病魔终于狰狞地跳了出来，扑向她，扑向她的父母——晓敏被确诊，她患有一种医学上称之为"法乐氏四联症"的先天性心脏病。

这是目前世界上病情最复杂、危险程度最高、心脏随时都可能停止跳动的顽症。

于是，心急如焚的父母开始带着晓敏去国内各大医院求医问诊，晓敏开始了整日里鼻孔插导管的生活。

晓敏问母亲，为什么她和别的小朋友不一样，她的鼻子里总是插着管子。母亲告诉她，因为她得了感冒，不过很快就会好的。

　　然而,晓敏的感冒却一直没有好。

　　十六岁那年,晓敏终于清楚地知道了自己患的是什么病。

　　那天晚上,父亲依然像以往一样,将晓敏喜欢的饭菜摆放在她床头的柜子上,将筷子递给她,说:"快吃吧,都是你喜欢吃的。"

　　晓敏克制着自己,可绝望还是疯狂地撕扯着她的心。她放声痛哭起来,哽咽着问父母:"你们为什么一直在骗我?为什么……"

　　父亲愣怔着,一时不知怎么回答。

　　母亲背过身,肩膀不停地抖动。

　　接下来的整整三个夜晚,晓敏都是在失眠中度过的。

　　第四天清晨,晓敏悄悄溜出了家门。她知道,离家不远有一家农药店,她想去那里买能够了结自己生命的药物。她可以承受病魔的蹂躏,却无法忍受父母被灾难折磨的痛苦。

　　晓敏认为,她唯一能够帮助父母的,就是尽早结束自己的生命。

　　可就在这时候,父亲跌跌撞撞从门外冲进来,浑身颤抖地一把抱住晓敏。父亲对晓敏说:"孩子,无论什么样的灾难,我们都可以忍受,但却无法忍受失去你的痛苦啊!"

　　因为爱父母,晓敏想选择死亡;而父母却告诉晓敏,如果爱他们,就应该把生命坚持下去。

　　三天后,在市区那条繁华的大街上,父亲全然不顾地跪在那里,脖子上挂着一块牌子,上面写着:"……我女儿得了绝症,她的心脏随时都可能停止跳动。善良的人们,希望你们能施舍一点爱,帮助我的女儿避免不幸,毕竟她还只有十六岁啊!"

　　晓敏是在听到邻居说父亲在大街上跪乞的消息之后找过去的,当时父亲身边围着一些人,人们看着牌子,在窃窃私议着,有人说父亲是骗子,有人朝父亲身上吐唾沫,而父亲却垂着头跪在那里,一声不吭。

晓敏分开人群,扑到父亲身上,抱住父亲,泪水"哗哗"直流……

父亲在晓敏的哀求下不再去跪乞,他开始拼命去做一些危险性比较高的工作,他说那些工作赚的钱多,他要积攒给晓敏做心脏移植手术的费用。

心脏移植,这似乎是能够延续晓敏生命的唯一办法,但移植心脏是不是就意味着在挽救一个人生命的同时,要结束另一个人的生命呢?

直到有一天,晓敏在整理房间时,从父亲的衣兜里发现了一份人身意外伤亡保险单,还有一份父亲写给有关公证部门的信,大意是说,他自愿将心脏移植给晓敏,一切牵涉法律的问题都和他人无关。

原来,父亲是在有意接触高危工作,他是在策划着要用自己的死亡来换晓敏的生存啊!

晓敏顿时泪雨滂沱。

那天晚上父亲下班回家,晓敏坚决地告诉父亲:"生命绝不在长短。我来到这个世界上,已经得到太多太多来自爸爸妈妈的爱。就是现在离开这个世界,我也会感到很幸福。"

父亲听了晓敏的话没有言语,只是深情地看着她。

大概是一个星期以后吧,这天,晓敏突然发现父亲不见了影儿,她着急地问母亲。

母亲含泪告诉晓敏:"你爸爸到公证处去了,想要把他的心脏移植给你,表示他是自愿的,和任何人都没有关系。可公证处没有受理,他又去医院了……"

晓敏听了母亲的话,心就像被揪扯着一样生疼。晓敏知道,那是一种被父母太沉重的爱挤压的痛,晓敏决心一定要阻止父亲这么做。

可就在这天,就在晓敏盼着父亲赶快回来的这天,她亲爱的父亲却再也没有回来——

听工友们说,父亲神色黯然地从医院回到建筑工地后,在五层高的楼顶抬石板时,由于注意力不集中,不小心从楼顶坠下,停止了呼吸;坠落时,他的双手紧紧捂在胸口……

晓敏知道,父亲在灾难和死亡突至的刹那,他心里记挂着的,是女儿,他把双手捂在胸口,是想保护他的心脏,因为,那是一颗他渴望移植给女儿的心脏!

但是,父亲的心脏最终未能移植给晓敏,因为那颗心在坠楼之后,被摔碎了。

(推荐者:柯　晶)

(**题图**:安玉民)

一双美丽的大眼睛

　　王美丽是城关镇中学初三学生,不但长着一双美丽的大眼睛,而且她从小就有一个美丽的愿望,就是长大后当一名电台播音员。今年中考,丽丽以优异的成绩考取了市广播艺术学校,拿到录取通知书,她兴奋得几夜没合眼,躺被窝里都在偷着乐。

　　丽丽高兴,她爸爸王海和妈妈林英更高兴:"用不了三年五载,我们女儿就是播音员啦!"星期天,夫妻俩忙活了大半天,摆了一桌丰盛的酒菜,说是要好好为丽丽庆贺一下。

　　可谁知才吃了个开头,丽丽突然觉得眼睛有点别扭,让妈妈林英瞧瞧。林英看了看,说:"不打紧,可能是你这几天电视看多了,休息一下就好。今天吃了饭,早点睡觉吧。"丽丽听话地点点头,当晚吃了饭就早早上床了。

第二天一大早,王海和林英刚起床,突然听到丽丽在房间里哭喊:"爸,妈,我眼睛看不见了,你们快来呀!"夫妻俩吓了一跳,赶紧跑过去,王海伸出两个手指,在丽丽眼前晃晃,丽丽居然一点反应也没有。夫妻俩心里"咯噔"一下:怎么丽丽的眼睛一夜之间就瞎了呢?赶紧把她往医院送。

医生一检查,说丽丽的视神经出了毛病,得尽快做视神经再植手术,不然的话,她这双眼睛就废了。可是做这样一个手术要八九十万,夫妻俩当时听了脑袋就"轰"的一下全空了:别说八九十万,就是八九万,家里一时也拿不出来呀!一家三口抱头痛哭。

可是,光哭有什么用,哭完了,还得想办法。王海跺跺脚说:"丽丽,别哭了,就是倾家荡产,爸爸妈妈也一定要想办法把你的眼睛治好!"王海开始出去四处借钱,可因为缺口实在太大,奔波了好几天,这笔钱都没法凑齐。

这天,王海又在外面奔走,回家时天都黑了。走近家门,就听见林英疯了似的声音:"丽丽,你怎么这么傻呀……"王海赶紧推门进屋,一看,林英正趴在床上,抱着昏迷的丽丽痛哭。原来,丽丽不知从哪儿弄来一瓶安眠药,还留了张纸条,说她不能让爸爸妈妈为了她的眼睛弄得倾家荡产,还是一死了之的好。

"丽丽,你不能这么傻,爸爸妈妈怎么能没有你啊?"王海心里又痛又酸,眼泪"哗"地流了下来,抱起女儿就送医院抢救。

几个小时之后,丽丽终于醒过来了。王海咬牙对她说:"丽丽,你放心,三天之后,爸爸一定把做手术的钱拿到手。"丽丽不信:"爸,你别骗我了,我们哪有这么有钱的亲戚,可以借这么多钱给我们?"王海说:"你别管,我一个朋友已经答应我了,三天之后让我去他那儿拿。"

果然,三天之后,王海真的将100万巨款带回了家。不过,这钱根本不是从朋友那儿借来的,而是挪用了公款。王海是一家公司的会计,要想动脑筋倒个百八十万的,不是一点没有机会。王海心里很清楚,这事儿要逮着了就是死路一条,可他想好了,先拿这钱给丽丽治眼睛,等过了难关,就远走高飞,抓不着算命大,抓住了就认罪。为了丽丽的眼睛,他把自己豁出去了。

王海弄到了钱,林英当然挺高兴,夫妻俩一起把丽丽重新送进医院。为了给丽丽消愁解闷,林英还特意带了一把二胡到医院陪床,天天给丽丽拉曲子,林英是音乐老师,二胡拉得特别好。可王海不能成天陪着丽丽呀,他毕竟犯下了贪污之罪,心里怎么会平静?晚上根本睡不着觉,千方百计要想办法把漏洞糊过去。

俗话说,纸包不住火。100万的数目实在太大了,公司很快有所觉察,并且对王海产生了怀疑。王海决定先出去避避风头再说,他知道如果自己现在被抓,公款一追回,丽丽的眼睛就治不成了。只有牺牲自己,只要丽丽的视神经再植手术做好了,再怎么治罪,都认。想到这里,王海赶紧收拾了东西,然后又来到医院,想再看她们母女俩最后一眼。

可到医院一看,病房里没人,同病房的说丽丽已经回家了。王海不知道突然发生了什么事,又不敢去找医生,于是扭头就朝家里跑。还没进门,他就听见屋里又说又笑的声音,还传出二胡的旋律,推门一看,丽丽正在林英二胡的伴奏下跳舞哩!

王海问林英:"丽丽的手术还没做呢,你怎么让她出院了?"

丽丽抢着说:"爸,我的眼睛好了!"

王海糊涂了:"好了?不会吧?"

"真的,爸!"丽丽拉着王海说,"我自己也觉得奇怪,眼睛突然又什么都能看见了。不信你看,爸,柜上那个小布人,我一下就能拿下来。"说着,她很麻利地走过去,手一伸,真的就把小布人拿了下来。

王海欣喜若狂。他又伸出两个手指,问丽丽是多少,丽丽马上回答:"二。"王海高兴得像发了疯似的,一把抱住丽丽,就地转了八个圈儿:"真是老天有眼呐!看来我王海命不该绝啊!"

林英在一边看着,这时候她站起身来,打开柜子,将从医院里带回的那100万拿出来,交给王海,说:"你快把这钱还朋友去吧,放在家里我不放心。"

王海点点头,立刻把钱装进书包,出门而去。他到银行把钱存进账户,又赶回单位把账做平。刚做完这一切,公司纪检委的人就领着审计人员查账来了,王海着实捏了一把冷汗:幸亏钱没动,只要把事情讲清楚,自己就能争取主动。真是生死之间系于一发,悬哪!

回到家里,王海抱着女儿声泪俱下:"丽丽,爸爸得谢谢你啊!"

王美丽轻轻问道:"爸,你为什么要谢我呢?"

王海感慨地说:"丽丽,你知道吗,你这双眼睛好得正是时候,你救了爸一条命啊!"王海老老实实把自己挪用公款的事说了出来。

林英一边听一边抹泪,对丈夫说:"你真是糊涂,就是再没办法,咱们也不能走这一步啊!来,你这几天也累了,咱们先吃饭,今儿晚上丽丽老师要来,刚才老师已经来过电话了,说学校也在想办法,想通过社会力量帮我们一把……"

"是啊,爸,先吃饭吧!"丽丽拉着王海说,"都是女儿不孝,给爸爸妈妈惹这么多麻烦。我要好好敬爸和妈一杯,我来倒酒……"她一边说,一边就伸手要去拿桌上的酒瓶,可手却胡乱往前一伸,"噌"把酒瓶碰倒了,酒洒了一桌。

"哎?"王海奇怪了,"丽丽,你的眼睛不是好了吗?怎么……"

"爸,你……你别紧张,我还是告诉你实话吧,其实,我的眼睛根本就没好。"

"那你拿小布人怎么这么利索?"

"那是趁你没回来的时候,我反复练,练熟了呗!"

"不对呀!"王海说,"你要看不见,怎么知道我当时伸的是两个指头?"

丽丽解释说:"爸,那是我和妈商量好的。你伸出两个指头,妈就用二胡拉了个'来'告诉我,只是当时你没留意罢了。"

王海听到这里,什么都明白了。他顿时冲着林英大发雷霆:"你怎么能这样,你这不是毁了丽丽一生吗?"

丽丽流着泪说:"爸,你别怪妈,这主意是我出的。因为这几天我总觉得你神情有点反常,就猜想会不会是这100万钱里有问题。我不想让你为了我的一双眼睛干傻事,更不想因为我的这双眼睛毁了我们一家的幸福。爸,我已经想通了,我不怕,万一我的眼睛瞎了,上不了广播学校,当不了播音员,我可以跟妈学拉二胡,学谱曲,将来一样能给你们争光!"

丽丽这番话,让王海再也忍不住了,趴在桌上放声大哭。女儿用一双美丽的大眼睛换回了他的一条命,换回了全家的幸福,他怎能不痛痛快快地大哭一场啊!

三只酒杯斟得满满的,"叮当"一声碰在一起,他们在为全家人的平安干杯……

（马敬福）

（题图:王申生）

心中有个梦

小亚是个不幸的女孩,很小的时候爸爸就因为工伤离开了这个世界,前几年妈妈又下了岗,找不着挣钱的工作,只好给人打杂工,月收入只有三四百元。家里的日子过得很拮据,但是连遭打击的小亚妈妈却很坚强,从不唉声叹气,把清贫的日子过得井井有条。

小亚知道,妈妈能这么乐观,是因为心中有个梦。妈妈的梦,就是要把小亚送进最好的名牌大学。所以小亚读书一直都很用功,中考时考了全县第一。

眼看离妈妈圆梦的时候越来越近了,可平静的生活偏偏又起了波澜。

这天中午,小亚放学回家吃午饭,像往常一样,妈妈早已将香喷喷的饭菜摆上了桌，一大碗红烧排骨正冒着热气。小亚的馋虫立刻被钩了上来，扔下书包就迫不及待地用手抓起排骨连吃了两块，眉飞色舞地叫道："老妈，今天是什么好日子啊？不是周末也有排骨吃！呵，真香！老妈，你也来一块！"小亚挑来挑去，夹了一块大排骨，塞进妈妈的碗里。

可谁知妈妈皱起眉头，举着筷子犹豫了好一会儿，迟迟不动口。

小亚催道："吃呀，老妈，你不是也很爱吃排骨的吗？"

妈妈笑了笑，下决心似的，轻轻咬了一小口，突然捂起嘴巴站起身，飞快地跑进卫生间。

"呃、呃、呃……"卫生间里，传出妈妈的干呕声。

小亚闻声跑进去，轻轻地拍着妈妈的背，急切地问："妈，妈，你怎么啦？"

妈妈难受地说："丫头，我也不瞒你了，妈这阵一直不怎么舒服，怕你分心，所以一直没敢跟你讲。"

小亚慌了："妈，你得了什么病？要紧吗？"

妈妈摇了摇头，说："没关系，没关系的。这病就是有点怪，一吃油荤就吐得厉害，吐完就什么事也没有了。我去看过几回，医生检查了半天，片子也拍了，就是查不出什么原因。医生给我配了点止呕吐的药，反正我先吃着试试吧。"

妈妈说着，拉着小亚的手，又重新回到了饭桌上。果然，只要不吃油腻的东西，妈妈就真的没什么了，小亚这才稍稍放了心。不过，小亚是个非常懂事的孩子，自打这以后，她就老记挂着妈妈的身体，过一阵就一定要让妈妈尝尝肉味，看妈妈一碰肉就吐，而医生又老查不出原因，小亚心里很着急。

一转眼，三年的高中学业马上就要完成了，和所有高三学生一样，小亚进入了高考前的冲刺阶段。老师对小亚妈妈说："如果不出意外，清华、北大是任小亚选的。弄不好，小亚还能考个全市的高考状元出来!"

听了老师的话,妈妈心里甜透了,她每天想尽办法给小亚做好吃的,荤素搭配地翻着花样。小亚开玩笑说:"哟嗬,老妈,你别一不小心给咱家捧回个诺贝尔营养学大奖来!"

妈妈拍拍小亚的头,笑着说,"诺贝尔奖还是留着给我的宝贝丫头拿吧!"

这段时间,从学校到家里,小亚一直显得很轻松,无论走到那里,都能听到她欢快悦耳的歌声。想想也是嘛,凭她这么稳的成绩和这么扎实的基础,能不对高考充满信心嘛!

可就在所有人都认为小亚万无一失的时候,意外却偏偏降临到了小亚的头上。

这天早上,最后一门英语考试结束,小亚一回到家就破天荒地伏在桌上哭起来。妈妈立刻慌了神,不过嘴里还是安慰小亚说:"丫头,英语是你的强项,你不会考砸的!"

可是小亚却越哭越伤心:"妈,我对不起你。你不知道,我太紧张了,填答题卡时,我把题号填错了一个,这样下面 40 分就全都跟着错了! 我不可能再进北大、清华了! 几年的心血都白费了呀!"

妈妈一听小亚这么说,顿时倒吸了一口凉气,脑袋"嗡嗡"直响。可她一再提醒自己,千万不能让小亚丧失信心。眼泪从她脸上无声地滚落下来,可她嘴里却说:"傻丫头,我当多大事呢! 这有什么了不起的? 上不了咱复读,明年……明年咱再考!"

"读高四? 妈,这和留级有什么两样? 不,我不要!"小亚猛地抬起头来,嘟着嘴巴说,"妈,我想过了,我给自己估过分,上个一般的重点大学应该没问题。妈,我想先读了再说,以后我还可以继续努力,考北大、清华的研究生。"

妈妈望着小亚,想着自己心中那个长久的梦,心里暗暗地叹了口气。既然小亚想这么选择,她这个当妈的也没办法硬阻止啊。但她又实在不甘心,于是坚持让小亚陪着去了一趟学校,请老师帮小亚再仔细估了一下分,结果和小亚自己估的差不多。看着老师遗憾的眼神,妈妈心里酸酸的,但也只能无奈地同意小亚的选择。

接下来,就是填报志愿,可母女俩一时都拿不定主意,到底第一志愿填哪个学校。

小亚说:"老妈,我把老师说的排名靠前的几个学校都写下来,咱们抓阄,好不好?"

妈妈此时已经感到筋疲力尽,真让她说她也确实说不好,于是就点点头:"抓阄也好,听天由命吧!"

小亚走进房间,一会儿捧出几个写好的纸团,对妈妈说:"老妈,我这次运气坏透了,还是你抓吧。一锤定音,咱再不犹豫了。"

妈妈于是闭上眼睛,伸手抓了一个,展开一看,是一所著名的医科大学。看着小亚把医科大学填上了自己的第一志愿,妈妈的眼眶湿了,这里原本是应该填"北大"或者"清华"的啊!

高招工作正有条不紊地继续进行着。一个月之后,高考成绩终于出来了,妈妈急着抢在小亚之前,就打通了高考分数查询热线。得知小亚总分的一刹那,妈妈差点晕过去!原来,小亚的英语只扣了一分;她的总成绩,要比估分高出五十多分。妈妈懵了,愣在那里像一截木头。

不一会儿,电话铃响了。电话那头,是班主任懊恼的声音:"小亚妈妈,小亚这次果真考成了我们市里的状元,她的成绩在省里也排到了理科第四名!唉,清华、北大都可以稳上的,真可惜呀,没填志愿。按理她不应该给自己估错分的啊?难道是要故意隐瞒?"

"故意隐瞒?不会吧?"妈妈喃喃道,"她会不会因为太紧张,把答案记错了?"

"绝对不可能。"班主任很肯定地说,"小亚这孩子我还不了解?她根本不是那种在考场上容易紧张的人。如果我没猜错的话,她考后其实一直在跟我们说假话。我想,她这样做,背后一定有原因。"

正在这时,小亚回来了。

妈妈放下电话,劈头就问:"丫头,你老实说,你的分数到底是怎么回事?"

小亚却仿佛像早有准备似的,回答说:"妈妈,对不起,我……我怕说了我的真实考分,你不让我填报医科大学。妈妈,你不知道,我的梦想,就是努力学医,有一天能查出你的病因,治好你的病,让你吃上香喷喷的红烧肉!"

妈妈顿时惊得目瞪口呆,豆大的泪珠从眼眶里喷涌而出:"我的傻丫头,妈什么病都没有啊!妈是骗你的!是妈害了你呀!"

小亚吃了一惊:"妈妈,你……你为什么要跟我说假话?"

妈妈重重地叹了口气,说:"傻丫头,咱家里穷呀!妈每月就那么几百块钱收入,想攒钱供你上最好的大学,想让你每天都吃得有营养。妈就……就编了这个谎话,妈是想让你尽量多吃一点啊!"

小亚心里一酸:"妈,可你……你不是说爸爸因为工伤去世,当时单位还给了我们一大笔赔偿款吗?你不是说这笔钱一直给我留着读大学的吗?"

"家里根本没那笔钱啊!妈知道你懂事,怕你担心家里没钱,连书都不肯读下去。唉,现在你也不小了,妈索性把什么都给你说了吧。"妈妈无力地靠在椅背上,泪如雨下,"丫头,你爸爸其实并没死,他在一所名牌大学当教授。当年他大学毕业后一心要留在大城市发展,我们被抛弃的时候,你才刚刚出生。要怪都只怪妈妈,复习了好几年,也没能考上大学……"

小亚这时候才恍然大悟：为什么妈妈这么想让自己考北大，考清华，考名牌大学！她一头扑进妈妈怀里，放声大哭。

妈妈爱怜地说："丫头，你考了状元，给妈争了气，妈满足了！为了妈妈，你放弃了北大、清华，你现在后悔吗？"

"不，妈！"小亚抬起头说，"即使你把这些都告诉了我，我也不后悔，只要努力，哪里读书都能成才！再说，名牌大学里个个是高手，我很难多拿奖学金的。我在网上查过了，上医科大学后，我有把握靠奖学金和勤工俭学来供自己读书。既然没有那笔赔偿金，我的选择就更对了，怎么会后悔呢？"

妈妈心里一颤："丫头，我明白了，填志愿那天，你说抓阄抓阄，其实早就有准备了，你在纸团上写的肯定都是医科大！你的点子真不少，妈是没办法啦！"

小亚得意地笑了："那当然，我的新点子是，等读完了大学，我真的还要读研究生。老妈，你等着，我一定要圆你的梦！也是我的梦！"

妈妈破涕为笑，轻轻刮了刮小亚的鼻子，把女儿紧紧地搂在怀里……

（袁　翼）

（**题图**：安玉民）

永 远 的 成 长

一切伟大的行动和一切伟大的思想,都拥有一个微不足道的开始。一个人在哪儿都能找到自己的天地,只要他肯付出代价。

一个半朋友

　　有一个富商叫范咏。说起这个范咏,那可真没说的,为人宽厚仁爱,仗义疏财,可偏偏这么一个好人,命里却摊上了一个让他伤透脑筋的儿子。儿子名叫范学好,本来范咏是想叫他走正道,可儿子偏不学好,平时结交了一些狐朋狗友,整天吃喝玩乐,不务正业。

　　为此,范咏很生气,就告诫儿子:"为人处世,朋友是要结交一些。可你交的这些人,都是些酒肉朋友,我劝你还是不要跟他们混在一起。"儿子听了,把脖子一拧:"我的朋友都是生死之交,绝不是你所说的酒肉朋友。"

　　范咏见说服不了儿子,苦思冥想,想出了一个好办法。

　　这天,儿子范学好捎信叫自己要好的朋友来家喝酒,时间一到,大家陆陆续续来到堂屋就座,可左等右等,范学好却迟迟未露面。大家正等得心焦,就在这时,只见一个浑身是血的人匆匆从堂屋门前跑过。大家吃了一惊:刚才跑过的那人不是范学好吗?这是怎么回事?

不一会儿,只见范咏慌慌张张走了进来,说:"对不起大家了,犬子刚杀了人,逃了回来。看来我们范家要家破人亡了,你们都是我儿子的好朋友,你们给想个办法吧。"

大家一听,一个个傻了眼,有的推说家里有急事,有的说自己肚子疼,转眼之间就跑得一个人也不剩。

这时范学好正躲在隔壁,听着消息呢。昨天,父亲跟他说了假扮杀人一事,当时只觉得好玩,就应承了下来,没想到却给老父亲——说中,现在他一句话也没有了。父亲走了过来,语重心长地对他说:"你看看,这就是些你平时所结交的朋友。关键时刻,谁过来帮你的忙?"说到此,他换了口吻,对儿子说,"孩子,这样吧,待会我领你去见见我交的朋友。我交的朋友不多,只一个半而已。"

于是范咏领着儿子来到一个大户人家,叩门环,家仆见是范咏父子,便给主人通报。不一会儿,就见宅门大开,主人率妻子儿女满面春风地出门迎接。

范咏也没客气,带着儿子进屋落座后,便对朋友说:"我今天来府上,是有一事相求。"朋友淡然一笑,说:"不论何等事,全包在小弟身上,酒饭之后再说。"

范咏一脸愁容,说:"家里出了大祸,小儿不慎杀了人,命已不保,早已无心吃饭饮酒。"朋友一听,不以为然地说:"范兄不必忧虑,此事只须用些银两,买通官家就行了。小弟家资虽不实,但现在就是倾家荡产,也要救侄儿一命。"

范咏摇摇头,说:"此法我已用过,怎奈审理此案的是一位清官,行不通,不知贤弟还有没有其他办法?"

朋友面露难色,低头不语。范咏看了一眼儿子,起身便告辞了。朋友一见,马上吩咐家人取来五百两银子,说:"小弟无能,帮不上大忙,眼下正是用钱之际,这五百两银子,还请范兄收下。"范咏接过银子,放到桌上说:"多谢贤弟,银子先放在这里,只待用时我再来拿取。告辞了。"

走出朋友家,范学好说:"父亲,我明白了什么才是朋友。"范咏说:"孩子,这只是我的半个朋友,咱们现在再去那一个朋友家里。"

范学好跟父亲又来到一户人家,一进屋,范咏的朋友就问:"兄弟,有事吗?"范咏就把编好的故事说了一遍,朋友沉吟半晌,说:"你们回去吧,没事了。"范咏说:"你有什么办法,说给我听。"

朋友脸色一沉,说:"不要问,领侄子回去吧,我自有办法。"

范咏说:"你今天不说,我就不走。"

朋友没办法,就朝里屋喊了两声,"咚咚咚"跑出来两个年轻人,朋友对他俩说:"我的一个好兄弟的儿子杀了人,他只有这一个儿子,我必须帮他,我想让你们其中的一个去顶罪,你们谁去?"

老大说:"父亲,弟弟小,我去!"

老二抢着说:"父亲,还是让我去吧,嫂子快生了。"

这时,范学好再也忍不住了,"扑通"一声跪倒在地,泪流满面地说:"父亲,我错了,我知道今后该怎么交朋友了。"

(耿忠民)

(**题图**:俞耀庭)

弯弯的月亮

　　星子的老师是刚从师范学校毕业的，年轻漂亮，很招星子和同学们的喜欢。

　　一天，老师在课堂上向同学们提问。老师问："同学们，弯弯的月亮像什么？"

　　学生们几乎是异口同声地回答道："像——小——船儿——"

　　年轻的老师听了同学们的回答后，高兴地说："好，同学们的回答很正确。"

　　这时，坐在前排的星子举起了手，可是老师没有发现，星子就仍举着手，还喊了一句："老师！"

　　老师听见后，说："星子同学，有什么问题请讲。"

星子站起来,眨着那双晶晶亮的大眼睛,说:"老师,我看弯弯的月亮像豆角。"

老师听完星子的话,一脸的不高兴,她对星子说:"你的回答是错误的。全班同学都说弯弯的月亮像小船儿,你为什么偏偏要说像豆角呢? 难道就你特别有见解吗?"

同学们一阵哄笑,星子的眼窝里满是泪水。

回家后,星子把这件事告诉了曾做过小学教师的奶奶。奶奶说:"星子,老师的批评是正确的,弯弯的月亮是像小船,我从前教过的一批又一批学生,他们也都是这样回答的。"

星子听了奶奶的话,眼窝里又一次含满了泪水。

这件事情以后,星子开始变得少言寡语,她不喜欢这位年轻、漂亮的老师,在课堂上从不敢再向老师提出特别的问题。

很快地,几年过去了,星子考入一所师范学校;又很快地,星子从这所学校毕业,回到故乡的小镇做了教师。

走上讲台的第一课,星子老师穿着朴素整洁的衣服,笑眯眯地说:"同学们,在讲课之前,我首先提一个问题——你们说,弯弯的月亮像什么?"

静默一会儿后,学生们几乎是异口同声地回答:"像——小——船儿——"

星子老师没有说同学们的回答是否正确,她那双美丽的大眼睛,像探视器似的在同学们的脸上扫来扫去:"同学们,有没有和这个答案不一样的?"

一个叫田菲的学生举起手,说:"教师,我的答案和他们不一样,我说弯弯的月亮像豆角。"

星子老师听了很高兴,说:"田菲同学的回答正确,当然,其他同学的回答也正确。我只是启发同学们在回答每一个问题时,应该大胆发挥你们的想象力,多想出几个答案。比如弯弯的月亮除了像小船儿、像豆角之外,还像不像镰刀? 像不像一张弓？"

"哗——"同学们热烈地鼓掌，三三两两兴奋地议论起来："老师说得对，除了小船儿，它还可以像好多东西呀！"

这时候，星子老师的脸上，浮现出一种从心窝里涌出来的笑容。

……

几十年过后，已退休闲居在家的星子，接到女作家田菲寄来的她刚出版的第一部长篇小说《弯弯的月亮》。

只见扉页上这样写道：

赠给最优秀的老师星子：
　　感谢您没有扼杀我少年时富于想象力的天性……
　　　　　　　　　　　　　　　您的学生：田菲

（袁炳发）
（**题图：**魏忠善）

珍贵的破碗

　　恢复高考那阵子,考生特多,能够考上大学的,那可真是百里挑一、千里挑一。吴老师是高考复习班的班主任,教语文,还是县中的教导主任,德高望重。人们都说,只要进了吴老师的班,就等于一只脚踏进了大学的门槛。

　　这天晚上,吴老师正在灯下备课,忽然有人敲门。他起身开门,只见月色下站着一个土头土脑的小伙子,显得手足无措的样子。小伙子见到他,忙叫了一声:"吴老师……"声音听上去还有点发颤。

　　吴老师认识这个小伙子,他叫樟地,家在偏远的山区,以前也在自己的班里听过课。吴老师把樟地让到屋里,让座倒茶。这一来,樟地似乎平静了许多,他小心翼翼地把一个油纸包放到桌上，轻声说："吴老师，我送你一个碗——清朝的，雍正年间制作的。"

"哦？送我一只碗！"吴老师有点惊讶，但他明白学生月夜送碗的意图。

樟地已经连续高考了两年，去年差 50 多分，今年只差 1 分。因为家境困难，父母有意要他在家干活。但樟地犹豫很久，还是抵不住读大学的诱惑，回到县里，准备进高考复习班，再考一年。可是进高复班要考试，择优录取，樟地误了考试时间，走投无路之下，才想出个送礼的主意来。

送礼送什么呢？最理想的自然是钱，或者古董货。钱嘛，家里没有；古董货，也没有。不过，这钱，人人看得明白，而古董货，不是专家的话又有几个人能看得懂、分得清真假呢？只是那些古玩古画，光是听说，连见也没见过呢！怎么办？樟地想啊想，想得急了，猛然想起家里有一个碗，那还是奶奶陪嫁带过来的，虽然边沿缺了一只小角，但白白净净的，一直没舍得扔掉，塞在碗柜的角落里，而且碗底下还有"雍正年制"四字方款。这，不就是古董的标志吗？管它是不是真的，反正就用它去糊人了！

此刻，吴老师瞧瞧碗，皱起了眉头，说："如果这只碗真是雍正年制的，那可价值不菲啦。你还是拿回去自己留着吧！"

樟地料到老师会推辞，就将事先准备好了的一番话兜了出来："吴老师，这个碗虽然是古董货，但在我家也没用。您是老师，又是文人，书法又那么好，家里放件古董，一定会增添一些古雅情趣的。老师，您一定要收下，这是学生的一片心意。如果您不收下，学生就跪在您的面前，永远不起来。"樟地说着，眼眶里泪水直打转转。

吴老师犹豫了片刻，重重地叹一口气，说："好！好！我收下，收下，谢谢你的一番美意。只是我收下这份大礼，心中有愧啊！其实，按高考的分数，你是可以免试进高复班的。"

樟地站起来,笑了,口齿也变得伶俐起来,说:"只要老师让我进您的班,这个恩德,就像再生父母,区区一个碗,又算得了什么?"

后来,樟地果然顺利地进了复习班,悬梁刺股,薄粥咸菜,奋发攻读自不必说。只是有一个心病,一看到吴老师就会想起那个碗,那个碗仿佛又回到了胸中,兔子似的蹦跳个不停。

一天下午,吴老师让樟地晚上去他家一趟。

樟地如约来到吴老师的家,前脚迈进门,后脚却抬不起来了——他一眼看到了那个边沿缺了一角的破碗,正静静地放在桌子上,在灯光的映射下,分外刺眼,樟地的一颗心又"咚咚咚"地剧跳起来。

"樟地,你知道这个碗叫做什么吗?"一见樟地,吴老师指指桌子上的碗,劈头就问。

樟地一下就懵了,心里想,一定是老师发现这个碗是假的了,一时吓得张口结舌,一句话也说不出来,只觉两耳"嗡嗡"作响,脸上火烧火燎的。

吴老师仍是笑眯眯的,把樟地招呼进屋里坐下,用他上课时清晰而洪亮的声调说:"你不知道这个碗叫什么碗吧? 我告诉你,这个碗,叫做珐琅碗。"

"珐琅两字怎么写? 都是王字偏旁,一个加'去'字,一个加'良'字。"吴老师像上课一样地娓娓道来。

"珐琅碗,属于珐琅彩器,康熙末年开始烧制,到雍正时达到精妙程度,可以说是陶器技术发展的最高峰。这类瓷器制作过程非常复杂,先在景德镇御窑中制成瓷胎,送到北京,由宫廷画家加上绘画,然后再送回产地,开炉烘花,经过 500 度的炉火冶炼,历三个多小时,才能完成制造过程。珐琅碗乃艺术精品啊! 你家中藏宝,明知是宝,却不知宝在何处,宝名何物,岂不令人遗憾? 所以,我今天特意把你找来,告诉你。"

"真的?"樟地惊得猛地从椅子上跳起来,云里雾里,好像在听天方夜谭。

"嗯。我请一位行家朋友看了,是他告诉我的,想必不会有错。"

樟地微微有点清醒,居然蹦出一句:"吴老师,您不会骗我吧?"

"你听我说,"吴老师笑了,"珐琅彩器是精美绝伦的艺术品,历史上记载说,当时除了宫中享用外,民间绝少流传,因此也就愈发显得珍贵。"

樟地长长地吁了一口气,瞧瞧桌子上的碗,像是自言自语:"这个碗,看来真的很珍贵?"

"可不,很珍贵!"吴老师喝了一口茶水,肯定地说。

樟地心里久悬的一块石头终于落了地。他真想不到,自己原本糊弄老师的一个破碗,居然真是古董货,这正是应了两句话,一句是:歪打正着;一句是:苍天不负有心人!早知如此,还不如当初自己找人去卖呢!心里这般想着,嘴里还是说:"老师啊,这只碗到了您的手里是个宝,在我们家,还不是连盛饭也派不上用场的破碗吗?"

"哎,不能这么说,不能这么说。"吴老师让樟地重新坐下,"我今天找你来,还要和你商量一件事。我准备把这个碗转手给一个和我非常要好的朋友。这个朋友当然知道这个碗的价值,只是他手头不太宽余,付不出大价钱,我就算半送半卖了。这钱如果我独吞,我于心不安,因此也分你一些。这样吧,我每月给你30元,到你高考结束,你看行不行?"

樟地大喜过望!一日三顿的咸菜,已经吃得他一天到晚泛酸水;一月回家一次,没钱买车票,六十多里的路程,只得开步走;还有那些讲义费、参考书,根本就无法向家里开口要钱去买。这样下去,真不知能不能撑到高考。现在好了,柳暗花明,全都解决了! 再说,老师得大头,自己得小头,老师也不亏啊! 樟地只觉得从未有过的轻松。

"谢谢吴老师!"樟地站起来,朝吴老师深深一鞠躬,感激中带着几分心安理得。

临别时,吴老师说:"樟地啊,这个碗非同寻常,它将改变你一生的命运,是不是? 难道你就这么轻易地与你的珐琅碗告别?"

樟地愣了一下,似有所悟,随即一股豪情伴着热血涌上心头,他深情地望了一眼珐琅碗,一字一顿地说:"吴老师,有朝一日,我一定要把这个珐琅碗买回来,再送给您!"

吴老师朝他赞许地点点头,会心一笑。

就像世界变化一样快,樟地很快考上了一所名牌大学,并以优异的成绩毕了业,然后进了一家外资企业当总经理助理,最后在省城当起了颇有名气的企业老板。

几年后的一天,樟地亲自驾车从省城来到当年求学的县城。已是月上中天时分,他也不上宾馆,直奔吴老师的家。

樟地一脚跨进吴老师的家门,只见那个缺边的珐琅碗正端端正正地摆放在客厅的桌子中央。想必是吴老师接到学生的电话后,早就把珐琅碗要回来了。灯光下的珐琅碗,映着庭院的月光,愈发显得晶莹润泽。

樟地两眼炯炯有神,来不及寒暄,就从公文包里"嗖嗖"抽出两张支票:一张两万元,用来孝敬恩师;一张二十万,用来购回这个命运之神珐琅碗。

吴老师已年过花甲,一头乌发中增添了些许银闪闪的白发,但那笑眯眯的神态和清晰洪亮的声调,一点也没有变。

吴老师开口道:"不错,樟地,你年轻有为,一诺千金,值得赞赏啊! 不过,今天你得告诉我真情,当年月夜送碗的时候,是一种什么心情?"

"骗您呗。"樟地咧嘴笑了，显得既大度又有点不好意思，"还真把老师您给骗了。幸亏、幸亏……幸亏弄假成真了，要不……哈哈哈！"

"哈哈哈！"吴老师也跟着笑了起来，"哈哈哈，我也骗了你一次，也真把你这个机灵鬼给骗了。"

"啊，哪一次？"樟地愣了。

吴老师指指桌子上的碗，缓缓说道："今天我也把实情告诉你，这只碗并不是珐琅碗！当初我一眼就看出来了。为了证实，后来特意找人鉴定过……"

"啊？"樟地似闻晴天霹雳，失声惊叫，手中的公文包"啪"一声掉到地上。

"这只碗，很普通，甚至可以称为废物。这只碗，又很珍贵，因为它盛着岁月的艰辛，盛着少年的壮志，还蕴藏着我们师生之间一段特别的情谊啊……"吴老师望着前方，平静地说道。

听着听着，樟地的眼睛模糊了，他仿佛觉得自己又坐回了课堂，正在听吴老师讲一堂人生的大课……

（吴兴林）

（题图：杨宏富）

借钱

　　孙志明满怀信心地参加高考,结果离录取分数线差5分而名落孙山,为此,他很懊丧。他父亲脸色阴沉沉的,什么话也不说。

　　三天后,父亲开口了,他问儿子:"你准备怎么办?"

　　儿子朝父亲看看,又低下了头。

　　父亲眼一瞪:"哎,我问你呐!"

　　儿子这才吞吞吐吐地说:"我……我想复读,明年再考。"

　　母亲自然帮着儿子:"只差几分,就让他再考一次吧。"

　　父亲吸着烟,绷着脸,谁也猜不透他在想什么。过了好一阵,他才说:"唉,家里省吃俭用,攒下的一点积蓄都买了化肥、农药和饲料,眼下正是青黄不接的时候,要到年底猪出栏才活络点。"

父亲的意思很明确：没钱给儿子复读。

孙志明也知道家里的困难，一家四口，弟弟也在读初中，全家的生活就靠父亲一点当工人的工资来维持。所以他不得不在下班后骑辆破自行车，跑5公里路赶回家来做农活。可是不管怎么说，不至于连两百元复读费都没法解决。是不是父亲对儿子失去了信心，不愿掏这笔冤枉钱呢？

儿子这样一想过后，不免着急起来，便对父亲说："爸，让我再试一次吧，我……"

父亲回答得很干脆："儿呀，你应该知道家里的难处！"

儿子因此彻底失望，啥也没说，拔脚冲出家门，奔到村口大树下，那眼泪就像泉水似的夺眶而出。

母亲赶来了，也陪着流泪。她劝儿子："别急，我再跟你爸说说，让他想想办法。"说着，硬将儿子拉回了家。

第二天早晨，父亲对儿子说："你换件干净衣服，跟我走。"

"哪里去？"

"借钱去。"

是妈妈做了工作，使父亲回心转意吗？儿子跟在父亲身后这样想着。他望着父亲那蓬松而且见白的头发，那微微弓起的背，心想：做爸也真不容易……

他们接连跑了两家，可都碰了钉子，父亲低声下气地讲了许多好话，钱却一分也没借到，这使儿子亲眼目睹了穷人借钱的艰难，也体验了求人的滋味。于是，路上他对父亲说："爸，我们回家吧，既然家里困难，我就不复读了。"父亲像没听见似的一声不吭，只是埋头赶路。

他们又到了一个亲戚家。进了门，父亲依旧低声下气地说明来意，儿子又是提着心等待答复。哪知这个亲戚二话不说，马上拿出两张百元大钞给父亲："孩子念书是大事，不可耽误。这钱先用着，不够再向我说一声。"

父亲再三表示感谢,还说:"等猪出栏就还你。"

"哎呀,都是自己人,还什么呀!不就是200块钱嘛,别放在心上,只要孩子把书读好就行。"

亲戚很客气,可父亲却固执地说:"不不不,钱是一定要还的。"

走出亲戚家,儿子总算长长地吁了口气,有了这200块钱,复读问题解决了,可又觉得压力很重,于是暗下决心,绝不能让父亲再低声下气地向人借钱了。

决心成了孙志明的行动,那一年读书他格外用心。他再次参加高考,终于获得成功,收到了大学的录取通知书。

可他在欣喜之余,却又发起愁来,因为入学时需要六千元学杂费,而且必须一次性缴清,叫父亲到哪里去筹这么一大笔钱呢?

奇怪的是,这次父亲一点不愁,整天乐呵呵的,好像儿子上大学用不着他掏一分钱似的。直到开学时间临近的一天晚上,他才拿出一张一万元的存折,对儿子说:"上大学的钱我早就为你准备好了,只要你读好书,做父母的再苦再累也心甘!"

儿子既感动又觉得意外,所以不能不问个明白:"爸,你真怪,去年你明明自己有钱,为啥还为了我的复读,低声下气地去向别人借200块钱?"

父亲笑笑,端起杯子喝了口茶,说:"我要是不那样做,你会那么发愤读书么?"

孙志明望着父亲,半天没说出话来,只感到心里沉甸甸的。

(作者:方乐明;讲述者:吴文昶)

(**题图**:箭　中)

三盘录像带

京子是日本东京一个普通家庭里的小女孩,今年四岁了,一家三口,原本生活得很幸福,可是现在,京子的妈妈却住进了医院,而且还病得很重。

这一天,在京子去了幼稚园后,妈妈把爸爸叫到病床前,说:"我知道自己活不长了,不能看着京子的成长了。现在有一件事求你,我录下了三盘录像带,请你把它交给京子吧。按照号码的顺序,到时候就给她看,答应我……"

京子的妈妈不久就去世了。

京子在病床前,看着闭了眼睛的妈妈,怎么也不能理解妈妈死去的事实,她总是问爸爸:"妈妈去哪里了?"

爸爸看着小小的京子,什么也回答不出来。

　　家里就剩下京子和爸爸两个人了。

　　一年很快就过去了，京子的生日到了，爸爸把第一盘录像带递到京子的手里，说："好孩子，这是妈妈送给你的生日礼物，快看看吧。"

　　京子很惊奇地把带子放进了录像机里，接着便看到妈妈在荧屏上对着她笑："京子，首先，妈妈祝你生日快乐！妈妈离开了京子和爸爸，是因为妈妈搬家了，搬到录像里了，你要是乖乖的，不让爸爸为难，妈妈还会再来看你的。现在，妈妈想施一个魔法，一个使京子变乖的魔法。京子，妈妈数数了，闭上眼睛，一——二——三！好了，京子，你要记住，乖乖的啊！再见！"

　　京子记着妈妈的话，变得很乖很乖，再也没有跟爸爸闹过。

　　日子一天又一天地过去了，京子迎来了上小学一年级的那一天。

　　一大早，爸爸就起来了，帮京子穿好衣服，再把第二盘录像带放在她手中，说："京子，这是妈妈送给你的礼物。"

　　京子惊喜地把带子放进了录像机里，电视机的荧屏上出现了妈妈的笑脸："京子，你已经要上小学了，妈妈恭喜你。这次，妈妈想和京子再来一个约定，妈妈再施一个魔法，一个使京子能成为爸爸好帮手的魔法，好，来，闭上眼睛，一——二——三！成了，京子，要记住妈妈的话，妈妈还会来看你的……再见！"

　　从这一天开始，京子就再没有睡过一个懒觉，她记着跟妈妈的约定，每天帮着爸爸做饭、洗衣服、收拾房间。

　　日子一天又一天地过去了，在京子上中学的那一天，爸爸带回来一个阿姨，介绍给京子认识："京子，她是百合子阿姨，爸爸想跟她结婚，她将会成为京子的新妈妈。"

　　京子怎么也接受不了这个事实，快有一个月不跟爸爸说话了。

　　这天，爸爸拿出第三盘录像带送到京子的手里："京子，这是妈妈给你的最后一份礼物。"

京子惊异地把带子放进了录像机里,她又在电视机的荧屏上看到了妈妈,妈妈对她说:"京子,你好,妈妈这次要先跟你道个歉。在京子很小的时候,妈妈说过妈妈搬了家的话,那不是真话。事实上,妈妈是去了天国,很对不起。京子,这些年来,爸爸也挺寂寞的,你要帮妈妈一个忙,把新妈妈接到家里来,答应妈妈好吗?现在,妈妈给京子施最后一个魔法,它可以使京子忘掉妈妈,跟爸爸和新妈妈在一起,快快乐乐地生活下去。来,闭上眼睛,妈妈要数数了,一——二——三!好了,要记住妈妈的话,妈妈真的要走了,再见了,京子,祝你幸福!"

京子睁开眼睛,意识到妈妈是真的不再回来了……

很快,新妈妈搬到家里来了,而京子也没有再跟爸爸为难,新的三口之家在和和睦睦的气氛里开始了新的生活。

新妈妈很疼京子,但京子却并没有把妈妈忘记,她把妈妈记在了心底的最深处……

(陈苑君)

(**题图**:箭　中)

幸福的第六根手指

　　安东尼生下来的时候,右手大拇指左侧居然多长了一根手指,只是它比一般的手指要小,而且有时还会微微抖动。医生说,由于情况比较特殊,最好到孩子八岁以后,再动手术摘除。

　　全家人都很担心:这根多余的手指会不会影响安东尼这八年间的心理健康?

　　果然,孩子三岁的时候,有一天,他从幼儿园回家,眼泪汪汪地问爷爷:"为什么我会比其他小朋友多长一根手指? 我是不是妖怪呀?"

　　爷爷仿佛早有准备,抚着安东尼的头,说:"孩子,你不知道吧,从你出生的那一刻起,爷爷的左手大拇指就在掌心里睡着了。你看!"爷爷伸出自己的左手给安东尼看,果然,他的左手掌掌心朝上,大拇指就静静地蜷缩在掌心里。

爷爷说:"我想,这根大拇指一定是想贴着我的掌心偷懒,所以……"

"所以,我就替爷爷长了一根手指,对吗?"聪明的安东尼马上接过爷爷的话喊了起来,顿时破涕为笑。

爷爷激动地拉过安东尼,把他的右手和自己的左手并排放在一起:"瞧,这不就是我们的两只手吗? 十根手指头,不多也不少!"

天真的安东尼开心地笑了,他为自己多长出的这根手指而自豪,他告诉所有的人:"这根手指是为我爷爷特意长的,我要特别爱护它!"

幼儿园的小朋友听安东尼这么说,都羡慕得不得了,真恨不得自己也多长出一根手指头来才好呢! 从此,他们再也不取笑安东尼了。

安东尼的老师惊异地问老人,怎么会想出这么一个绝妙的解释。

爷爷朗声笑道:"是因为奇妙的血缘亲情啊!"

从此,安东尼每天从学校回来,就要把着爷爷的手看半天。开始,爷爷只是在这个时候才故意把大拇指蜷起来,让安东尼看,时间稍长一点,自然就会麻麻地生疼,非得右手帮忙才能把大拇指舒展开来。可不久以后,爷爷竟然习惯了这一切,不知道的人还以为他的手天生就长那样呢!

转眼,安东尼八岁了,到可以做手术的年龄了,可懂事的安东尼说,他非得等爷爷的大拇指伸直了之后才做手术,爷爷的大拇指五年来一直习惯于蜷缩在掌心里,现在要想扳也扳不直了。

为了让安东尼安心去做手术,这天,爷爷用纱布把自己的大拇指一层一层裹起来,他对安东尼说:"孩子,真不好意思,爷爷等不及,已经把手术做了,你也赶快去做,到时候,我们就可以用自己真正的五根手指来玩游戏了！不过,爷爷可得把话说在前头,到时候你玩不赢爷爷,可不许哭鼻子啊!"

安东尼这才听话地去了医院。

安东尼的手术非常成功,而爷爷手上的纱布却缠了好久。爷爷想尽办法要让自己的大拇指伸直,但就是不行。

安东尼做完手术后,见爷爷的手依然老样子,心里十分沮丧,很后悔就这样丢失了属于他们爷孙俩的第六根手指……

十年后,安东尼的爷爷突发心肌梗塞去世了,直到去世时,他的左手大拇指还静静地躺在掌心里。

这一年,安东尼十八岁。安东尼早已从父母那里知道了关于自己曾经有过的第六根手指的故事,他在爷爷的遗像前长跪不起。

长大后,安东尼成了一名人体器官学教授,他将他的实验室取名为"第六指与一双手"。

安东尼对人体各种器官特别是手指的研究,在国际医学领域里无人能及,他生命中曾经拥有的第六根手指的故事,影响了他整个一生。

(编译者:田祥玉;推荐者:衣　谷)

(**题图:安玉民**)